U1013724

中国专业作家作品典藏文库

中国专业作家作品典藏文库
屈兴岐卷

人间流水

屈兴岐
◎著
Renjian Liushui

中国文史出版社

目　录

一　孩子们

谁把地拉跑了

四岁的男孩，第一次坐火车。他见外边地往后退，惊奇地说："谁这么有尿，把地都拉跑了？"有尿，龙江方言，意为有能耐，有章程，了不得。(1964)

打出来的对联

我十岁那年，家里打来了年纸。单红纸拿去请村里老先生的墨宝。谁知他爱搭不理。父亲回来也不说什么，就把无字对联，也就是两条红纸，贴在门柱上。

老先生的孙子来嘲笑，喊没字儿没字儿。我忍不住，不声不响，抽了他一巴掌。

老先生受不了了。拿笔砚来，直接在大门红纸上写：福如东海长流水，寿比南山不老松。

老先生进屋来，父亲说不用你写。母亲拦着父亲。老先生登

上锅台，写上灶王的对子。也就是“上天言好事，下界保平安”，这类的话。到底是什么，也记不太清了。（1977）

遮　　掩

学生嘁嘁喳喳议论，似是板书错一字，教师溜一眼未发现，急中生智：“不要说话，一会儿我要提问。”学生不议论了。

他回过身来，问：“这段板书有错字，谁能挑出来？”

学生踊跃举手，问题解决。机灵有了，但少了诚实。（1978）

“不疼”与“疼”

女儿小时，肺炎住院。

护士打针，问：“疼吗？”

女儿咬牙说不疼。

等护士转身出去，女儿含泪对妻说：“妈，疼！”

“疼吗”变成“妈疼”了。看来孩子的自尊心，在生人面前，更强烈些。在父母面前，“英雄气短”了。（1978）

拾榆钱儿

中午很静，省文联大院里无人。树木绿荫上面光点闪动。

作协办公室后窗外，草地上，有着连衣裙的小女孩儿，寻寻觅觅拾榆钱儿，用裙襟兜着。学校要收树种吧？

榆钱飘落的优美，女孩拣拾的静谧，又苦又甜的滋味，剪修

整洁的小学校的榆篱，引起许多童年的回忆。(1982)

巧招儿护师

林场书记小贺，念书时，个大聪明，是个头儿。“文革”，班里起哄也要斗老师，让他领头。

他问老师：“你一个月挣多少钱?”

老师说：“三十五元。”

小贺对同学说，挣这么几个钱的还斗个啥？谁也别斗啦！(1982)

小鬼点子

妈妈不在家，他不小心把暖壶打了。暖壶买不着还很贵，这不惹祸了吗？一转脑子，他把鸡放进来。

这下好，连茶杯也让鸡扑棱打了。

妈回来，把他小哥哥责备一顿，说他没看住鸡。后来想起这事心里就自责，长大了跟哥哥坦白了。哥就笑，说我当时就知道，放暖壶的地方鸡扑棱不着。(1983)

龙须柳

职工家属楼，西南段墙下，儿子栽下三株龙须柳，公家买的苗，很贵。东北这个品种刚引进。一年后春天，出了叶儿，渐渐翠绿，活了。人们看着高兴。然而，喜欢之余，也怕它长起来，高了，挡住阳光。

忽然有一天，有一株折断了，耷拉着，嫩叶还挣扎着生长。

又过几天，断了。旁边两株也遇害。

在道牙子里边，自行车碰不到。汽车年把的不来一辆。上百家人，都没养羊猪等家畜。龙须柳，稚嫩的，见谁都笑得天真，它得罪谁了？

我儿子老是想象，柳苗如果长大，从大门洞子一进来，远远就能看见蓝天下，婀娜龙须柳，随风摇曳，像迎接你似的，连灵魂都会净化。（1985）

小　费

一个刚发财的，学外国绅士赏小费。在小市场买东西，说：“零儿不用找了。”

卖东西的小姑娘说：“多一个我不要，那不是我的。”（1986）

人之初

〇外孙女出生第五天，老两口子到医大一院产科新生儿病房，去看她。

在日本进口的保温箱里。向右歪着脸，睡得挺甜。有些卷曲稀疏的头发。嘴小得筷子背儿似的，一点点红润嘴唇，让人担心她含不进乳头去。小手白嫩，手指细而长，似不胜一握。等着吧，总会长得像个指头样儿。有苗不愁长呀。

住病房，其实也无实征。只是出生时不哭，拍打了，才吭了一声。黄得也重一点。这才住院观察。

小东西醒了，可能是听见姥姥说话声儿。

〇我们悄然离开，还未走到门口，就听到委屈的哭声。姥姥要返回去。护士说，别的孩子哭。

〇第十天出院，抱回来。晚上有时哭了，姥姥忙起床披衣过那屋去。一边走一边说："宝宝饿了，这个妈，光抱着，也不吭一声。"

孩子听到姥姥声音，抽抽搭搭几声，就不哭了。

〇女儿怀她的时候，老伴常跟女儿唠嗑。胎儿一蹬一踹的，女儿笑着指给老妈看。

老伴抚摸着，柔声跟胎儿说话："不冷不热，不渴不饿，踢妈妈干什么呀。"说说，可真就不踢了。

〇看见街里摆摊有卖"哗啷棒"的，哪里是棒，就是个小塑料圈儿，挂一圈红红绿绿塑料铃铛。买了来，一摇，胎儿就平静。(1989)

儿时细事

〇冬天的马蹄清脆，落在庄稼上的春雨柔和，壕上柳趟子中鸟鸣婉丽。

〇恐惧的声音也有，那是日本兵的、打铁掌子的、翻毛皮鞋声，直到有节奏地从街上走过去。

〇佃户送秫秸，口袋里伪满角币掉出来，我捡到高举着（他在车上）送还，他夸了我"不爱小，懂事"，记忆至今。

〇妈打的酥饼装在竹筐里，家里来个客人，老头儿，我拿给他吃。老头儿越夸，我越拿。妈说我“不识夸”。

○巴彦县城南花园里，有一片很大的树林子。九岁那年春天买几盘扣网儿，去南花园扣雀儿。一个足有十三四的大小子，弯腰一划拉，扣网都给我抢去，跑得比兔子快。我哭着追，追不上。

从此我恨以大欺小，以强凌弱，同情弱者。

○家在下屯住，在太平川小学念书，“一兵士，唰唰唰，雪球当炮弹，爬犁当战车”那类奴化教育的书。

与先生一个亲属的学生打架。明明我有理，不知谁把先生从香甜的午觉中叫醒找来，先生脸上还有枕头硌的印子。在“康德”像前，打我的手板。我不服，我有理为啥打我不打他？愤懑难平。不过老师挺好的，他教我们的国音字母，到现在还记得一些。不教日本字母，那是当局指定要教的。也许，他不会。(1992)

扔一个商标

老伴儿找出一条长裤，是女儿前几年穿瘦了的。对外孙女说：“捡你妈的剩儿吧，看看长不长？”

拿过去一比，长一点儿，外孙女却很满意，说长了明年还可以穿。这孩子挑拣倒是不多。她妈妈小时候穿了几年的一件棉大衣，她曾经高高兴兴穿了两年，还以此为素材写成一篇作文，叫《妈妈小时候的大衣》，并在《小学语文报》上发表了。她喜欢的，是节俭与朴实。

这是条淡蓝水洗布牛仔裤，款式是前几年流行的，有八九成新。不料她看着看着，忽然扔在椅子上，跑去找了把剪刀，几下就剪掉缝在裤腰上的商标。

前几年青年中流行名牌，不论真真假假，商标都制造得挺漂亮。这块是仿铜的，嵌在长方形皮革上，很精致。

老伴说："成物不可损坏呀!"

说话间，外孙女气冲冲把这商标扔在卫生间的垃圾袋里，脸色煞白，连说："坏透了，坏透了！比法西斯还坏!"

老伴一看，见那仿铜商标图案上，有面小小的某国国旗。

昨天的新闻联播孩子看了，知道我们驻南斯拉夫大使馆受到轰炸，三位记者牺牲，多人受伤，就是那个国家干的。

看电视的时候，眼神像惊慌的小鹿，后来便咬着牙，一声不吭。(1999)

乡村孩子

〇一大家子人，有房有地，爹在家里不管事，只干活儿。会漏粉，会熟皮子。漏粉在前院，熟皮子在后院。好在两个活儿不在一个季节。

〇漏粉有意思，粉条搭在竹竿上晾，透明柔软，有了微风还轻轻荡漾，散发淀粉甜丝丝的清凉香气。一批做完要刷锅，大锅里就有温水，男孩子脱得溜光，悄悄上锅台，出溜下去，猫到里面洗澡，大人看不见。

〇熟皮子的时候，爹浑身臭烘烘，喘气都是那个味儿。

〇村头上有一个大庙，后园子很大很大，全种果木。春天飘花香，秋天飘果香。春天不大在意，秋天就经不起诱惑。蹬着同伴肩头，攀上墙头，去偷果子。

〇看园子的小老道，不喊不骂，只是口念无量天尊，看他们不听，就跪下去求他们手下留情。孩子们受不住，赶快翻墙出来。以后多少年，还感到对不起小老道。岂不知，人家是以柔克刚。道家讲这个。

〇家乡树稀土少石头多。打井不用木板井廒而用石头。一种鸟下井里去，在石空里做窝。秃噜噜从井口往外飞。淘小子们夜里顺井绳下去，电棒一照，鸟就攥到手里。

〇家里有一条秃尾巴黑驴。尾巴咋秃的，他说不清。只是这驴不干拉车拉磨的活儿，只管跑街。这驴认得道，自个儿能找到家。到村头儿，必长叫两三声，向家里报信，意思是我们回来了。前后二屯都知道它，是出名的驴。爹干活累了，好喝一口酒，他常骑着秃尾巴驴去外村打酒。(2000)

孺子可学

上了地铁，有些乏，倚在门边上。

四五岁的男孩儿，两只胖乎乎的小手儿，牢实把着光滑的钢立柱，仰着脸儿，一会儿看他母亲一眼，一会儿看我一眼。终于对我开口了：“爷爷，不能靠门，那上写着呢，危险。”我忙离开，说：“说得对呀，谢谢你。”那母亲高挑身材，孩子开口时她还有些腼腆，听我一说脸上灿烂了，对我一笑。

我下车，说：“孩子再见。孺子可教啊。”孩子跟我摆手，说：“爷爷，注意安全！”

偶遇这孩子心里挺温馨。走着走着，想到刚才我说的，有一个字不对，“教”，应该改为“学”。（2014）

二　父母先人

网　外

铁丝网内，一小片榆树林中，身着道袍式加腰带浅灰病服大衣的几位，反剪着手散步，眼光都投向铁丝网外。

那是可回归却也说不定能不能回归的世界。

一位老者，着破旧棉服，棉裤差不多堆在膝盖下，显得步履沉重。拿着木桨，从呼兰河南耕作回来的吧？满头银发，脸色黝黑。

疗养院西门外往北不远，就是萧红的家，几间灰瓦砖房，已经残损。前后园子，春秋显得荒芜，给人物是人非的感觉。

青少年时的萧红，认识这个当年的小伙子吗？

她后来下笔时，头脑中可浮现过他的影像吗？

如果浮现过，她可曾想到二三十年后他会是什么样子吗？

被写过传的呼兰河呀，巧遇了火烧云，晚霞在涟漪上飘忽。渡河的耕牛，远处的帆影。河与岸都美。

不愿意写下去了。（1958）

“磨不开”

林区居民点，都是平房，一道墙隔两家，一道树条子篱笆连两院。上班的上班了，老太太们时常凑在一块唠唠家常。

邻居老太太，胖胖的，常来我家找我老妈说说话儿。见我妈唠嗑时候，手里也不离活儿，啧啧夸赞活儿好，勤俭。

接着就来求做床厚厚的棉被，说自己絮不好棉花。

妈养了些鸡雏，一个个活蹦乱跳。邻居老太太说，我不会养，都死啦，给我几只吧。

妈种块儿小园子，秋后剥了一些豆角籽儿。老太太讨了不少去，说我过年也种些。光是这么说，终未见她在哪儿开地。

一次，妈正打榛子，忙得紧。老太太又来了，求妈裁剪一条棉裤。大约自己也不好意思，说我给你两角钱。妈连忙谢绝。

我说妈，你不会不答应她？妈说，“不是磨不开嘛”！（1960）

窗前小圃

○春起，妈妈和我用树枝在屋前夹起一围篱笆，刨了一块五丈见方的园地。开化后，见泥泞中间杂些建房时的残砖断瓦，粉灰沙石。我原想随便种点小白菜生菜就算了，得不得无关大体，免得浪费劳力。但妈妈却执意要弄好它。老人家在泥泞中用手拣出瓦块碎木，小小地方竟担出去两三担，之后又让我担些粪土来，我也只担了两三担。

○待我下班后见园地高起半尺有余了，妈妈还拐着一双小脚往里挎土呢。我负疚得转了一个磨磨（圈），便忙拿起镐，起了十条垄，妈还嫌不规整，又亲自动手整理一番，才撩了一下花白头发，像在我记忆中端详针线活一样，端详起这块土地。地暄腾腾，细如粉，比起那残砖断瓦时，果然大不相同了。

○仔细地播籽，又用手细细地普遍拍了一遍。小小的一块地，她竟种了菠菜、小白菜、香菜、大头的白皮蒜、倭瓜、角瓜、甜菜，为长远计，甚至还种了五棵地环。篱笆下还种了豆角，窗下种两垄红萝卜、白菜。大多是套种、间种，没见过如此充分利用土地的。

○妈妈年过花甲，离二三十步远已看不清迎面来人了。可对于小菜出土看得却十分真切。常在我回来时告诉我，哪样出得快，哪样苗儿好。一场春雨过后，小园子苗儿一夜就长起来，但嫩绿得不胜风雨。几天，竟是绿茸茸一片了，园里草刺儿没有，就像一块黑大绒上绣起了葱绿的图案。妈妈每天傍晚都要灌溉一番。

○一天回来，妈妈喜滋滋地端上她亲手种植的小白菜，吃起来另有一番滋味呢。

○六七月中，作物像气吹一般长起来。妈妈天天早晚不离小园子，她竟然发现一片倭瓜的叶子，早晨像驴耳朵一般竖起来，而晚上又像挨打狗的耳朵（抿抿着）了。在众多的生菜苗中，发现了一株姜次腊，并把它栽在盆子里。她把香菜用木杆拦了起来，免得被风吹倒。把倭瓜用一架“天梯”架起。

“结瓜了，”那天我回来的时候，妈兴致很好地对我说，并且指给我看。

○这些东西长得真可爱。甜菜长有二尺高，黑蓁蓁透着明亮，活像是玉雕成的。辣椒平平安安的，封了垄，绿丛中撒满点点白花。

最有趣的是那棵窗上架起的倭瓜了。它长得十分快，十来天就长了一丈五尺长。草帽大的叶片有秩序地朝天张着。妈一两天就要给它打一两个水蔓子。早晨，金色的喇叭花上有一层金粉，露珠映着朝霞，像是一粒粒珍珠。

在一天工作之余，在一片邻里孩子嬉戏的声音中，推开窗子，一片暗绿，几味异香。

我凭窗沉思，一股惭愧之情冲击着心房。我想到，劳力是不会白白浪费的呀！（1961）

（这则笔记几次翻出来看，心都像滋润了一场春雨。近又轻轻翻阅，发现圆珠笔迹洇晕，几近漫漶。因是写老母的，便原貌录下来，只错别字改一两处。

那时我在林区小镇美溪工作。三年困难时期，人月26.5斤粮，少有副食。总想到要吃东西，也总觉得有希望。因此老母才开此圃。笔记写于1961年7月31日。算来已51年，老母作古，也38年了。）

儿行一里母亦忧

我住家儿的东北方向，铁道北不远，就是汤旺河，上有铁路桥。我有时图个肃静，山间水上，宜于散步思考，就去走走。

但妈总是惦着。所以，那天我说，先到大桥散步，然后直接到局里去，别惦着。

午间过了。手头工作还未完成。

一抬头，妈来了。我慌忙问妈有事吗？妈说，没事，没事，就是惦着。一看表，可不该下班的时间早过了。

中年丧夫，老来丧女。我就是妈的一切呀！（1961）

凝视儿子

有熟人告诉我，说可能我要被调到市里去。把这不一定准确的消息告诉妈。妈说，住处不动也行。妈知道伊春的住处难找，怕影响我往上调，才这么说。

在我写这一段的时候，妈躺在炕上，看着我。掉了牙齿，嘴唇塌陷。眼也变小了。那目光慈祥中透着忧郁。这几年我几次住结核病院，母子常分别，从伊春刚搬来，我又可能离开。孤独挂念，对老年人来说，比一时生活困难，还要悬心。

我生来二十七年，妈有多少次这样凝视我呀！一腔母爱，全都顺着目光，流注到我心里了。（1962）

鬼 故 事

○老母亲没文化，但小时却爱学习。她弟弟们从学房回来，她常问字，念什么，怎么讲。后来喜欢看唱本讲故事。还记得她唱《大观园》的段落，有一句是“大观万木起秋声，漏尽灯残梦不成”。我看聊斋，给她讲了《小谢》。妻子淑珍也听着。老母来了兴致，讲了她小时的一件事。

她十多岁时，家在巴彦县城南花园附近住。一天她母亲到万发广油坊的菜园，掐菜叶，她和几个邻家小姑娘也跟着。

太阳偏西了，万发广的一溜大墙，投出了宽宽一道阴影。她母亲见前边不远处，一个女人，头上戴一圈花儿，穿着阴丹士林大衫。往下一看，脚上穿的是靴子，像男人穿的那样。往西拐过去了。她母亲挺疑惑，也挺“硌硬”。问同去的孩子们，都说没看见。问西边放猪的孩子，也说没看见。回去，母亲饭也没吃好。

一天夜里她母亲下地小解，摔到地上起不来。女儿叫她起来，拉到炕上去，冷得直打牙帮骨。月夜，小姑娘到上屋伯父处要舒和丸。药是从窗户递出来的。

不久，她母亲就没了。

○淑珍也讲了一段。她家在延寿居住。她父亲是个糕点手艺人。好要个钱。她母亲和大姐半夜去找父亲回来。她和小弟弟在家里哆哆嗦嗦正害怕呢，母亲和大姐惊惊慌慌，倒退着进了屋。别的不说，连忙堵窗户，窗纸上有个眼也堵上了。问原因，说遇到了鬼火。鬼火从街北往南来。到十字街口停下了，就好像犹豫一下，往西去了。那边城外，荒冢累累。

回来后。她大姐就觉得身上冷，凉飕飕的。病了一个多月。(1962)

山林逸事

○遛碓（设机关打猎）的猎人中，年龄最小的，叫“老窝”。

○相见于深山老林，互称磕头的（拜把子的，兄弟）。

○摆船的人，叫使槽子的。

○开工干活，叫开山，砍三块板供老把头牌位。见方红布，写“风调雨顺国泰民安”。

○把头的家什股（工具），算两个人的工钱。木帮（林业工人）住处离山场十几里，吃完饭到山场天不亮。晚上不黑透不回来。百十号人，后勤只一先生、一打杂、一做饭的。把头上山，在作业区中间一蹲，像个触角灵敏的蟹，谁活干得怎么样，他全感觉到了。

○伐木人初一十五才洗脸，因要给老把头（山神）烧纸马。

○木把入山，借钱也得买上二斤红糖二斤胡椒面。遇病，热水冲服，一烤火，就算治病了。肚子上长疖子出脓，到河里一洗就完事。

○1942 年，伊春有一个木业公司，叫广信。剥削得狠，工人叫它光腚公司。

○伪满有家礼教。入教先要交老头票五块，叫认家，随后，还得交绵羊票二十三元。

○也有胡子，你当他说自己是庄稼人，他让你背二十四节。背不下来，用“老虎撩子”（带刺的枝条）抽你。

○1945 年，伪警佐孟济生摇身一变，成了国民党团长。独霸伊春一年多，曾自出纸币。

○1946 年汤林线被水冲，白俄古良耶夫招工。

○抬木头一天，最后一根抬不动了，一天的工钱都不给。

大雪天推平车（轱辘马），得扫雪，过棚子门口给两个大饼子。有人推着推着睡着了，得踢一脚，要不会冻死。

○年午更放开山树，拢两堆火，一棚子人围着，锯树娴熟者执锯，那时候用僧帽牌的大肚子锯。顺利则喜。截出材来，套户（用牛马拉运木材者）连夜将材运到贮木场。这叫活动家把什。

○三月十六老把头（老虎，山神爷）生日，放工一天。吃点好的，木帮们在工棚里耍钱，吆五喝六热闹一天。(1962)

目标集中

妈到商店买东西，买什么，就直接奔那儿去。买完了回头就走，别的也不多看一眼。我到什么地方办事，一办完就走。到了家，才想起还有事没办。(1963)

老 伴 儿

白白胖胖一个老头儿，笑呵呵的，拖着一条不太灵便的腿，拄根棍子往前跑。

他后边几十米，是位矮个胖老太太，在追赶。她穿件蓝上衣，手上还沾着面。边追边骂："老王八羔子，你往哪跑。半身不遂一冬天了，刚能走，你逞什么强?"

一拐弯，老头绊趴那儿了。几个拉小车的妇女，放下车就去扶老爷子。老太太又喊又摆手："别拉别拉，他半……"

老太太赶上来扶起老头儿，做出咬牙切齿的样子，在老头肩上轻轻拍了一下。

拉小车的妇女，议论："老伴老伴，老来是伴。"(1980)

李 老 开

大楼（局机关）俩老头，用马口铁烧煤的大茶炉，倒班烧开水。

老王头较真，水不开，不让打。就是书记去打水，也说不开。

老李头呢，不管谁去，什么时候去打水，都笑着说，开了开了，气口刚呜呜叫过呢（水开汽笛就响）。

一次一位业余好写点小说散文的干部，打了水想泡茶。不大放心，手指试探伸进暖瓶口一试，温吞吞的。

他找到老李头问，开了吗？答曰开了开了。他说您可真是李老开呀。

从此，李老开出名了。

老王头呢，没人留意。（1980）

疼孙子

炕凉了，怕凉着孙子，放在胸脯上睡。炕热了，怕热着孙子，也放在胸口上睡。冬天，孙子小棉袄围在火盆上，早起孩子一穿热得烫脊梁。上县城，自个儿怀里揣个大饼子，回来得给孙子买一个烧饼，怕到家凉了，揣到怀里。

其孙摘园田里的海棠果，分给小朋友们吃。老爷子却扒了孙子上衣抽打，还一面说着败家的东西，我扒了你的皮。这也是老庄稼人对后辈的一种爱，是要节俭，好日子是从嘴里省出来的。（1980）

奶　奶

奶奶有两小袋大米，舍不得吃，也舍不得给老头子吃。生了虫子，发了霉。

偶尔做一顿好吃的，孙子孙女，像笼子里放出来的饿狼，奔过来一抢而空。

二儿媳妇，趁老太太打盹儿，抓几把米喂自己的鸡。

老太太看见，问道："这粮食咋像我的？"

儿媳妇说："就你吃粮食，别人都吃草籽？"（1980）

林场俩好爹

○头发掉光了，眼睛眯着，脸总挂着笑，像个老和尚。

六十二岁了，岗位离不开他，他就继续干工作。

○常爱和老哥们开玩笑。有人拍一下那光头，他笑着一缩脖。

○修油锯，拆卸擦装，如同射手对枪一般熟稳敏捷。比赛得过全国第一。油锯一天坏六道（台），没一回影响第二天作业的。洋铁活儿，他也揽过来。你需要，说一声，尿壶他也砸得出来。

○三十年，换四个林场，没让领导说一个不字。别看总是和和气气，谁说一个不，他也受不了。人家都挣计件，多挣可不是一个两个。他也不在意，每月还是那几十大角。

谁表扬他，他就一句官话，也是心里话：本职工作嘛！

○还有一项，我看足以打破一个历史记录：他当了六次"国军"。抓壮丁，逃跑又抓回，打散了收拢回去等，反正六进六出。最后呢，当的可是咱们八路。

他家乡人都还以为他是国民党兵。他提出要求："把当八路的事，告诉（家乡）一声。"

政府郑重把军属证送到他家去，为此，他家乡正经轰动一阵子。

○家没搬来，仍在湖南。离花明楼不远。

有人就逗他："刘少奇挨批那阵子，你不说是你老乡了吧？"他笑眯眯地说："可我也没说不是。"

还有个老头儿，挑水。一天干十二个小时的活，不说一句累。

○年轻工人说："咱林场，别的林场哪个比不了。"

"咋说呢？"

"咱有俩好爹。"（1981）

四个老头儿

这所中学工人中，有四个老头儿，干活儿四个样儿：

贾老头儿，往出挑锅炉煤灰。活儿急，一刻不误，煤灰挑得净净的。这跟他脚行出身有关，抢装抢运，总不能扛着二百斤麻袋迈四方步走吧。

徐老头儿打更。慢悠悠四平八稳，有事无事常在行。值更要的是警醒。他可好，小火炕烧得热热的，大脱大睡。

火炕太热，被褥烧着，几乎烧死。儿子媳妇都跑来看他。后来不让他干了。

关老头儿，一起干活儿，别人干，他傻头傻脑，抄着手戳那儿看着。好像什么活儿他都伸不上手，接不上茬。在农村年轻时，也是个"秵子货"（孬货），跟做的（跟着人家干活）。

陈老头儿，处处想要管着个人儿。校长的老丈人。

想一下，这老哥儿四个要在一块儿干活儿，有意思的事可少不了啦。(1982)

母有六子

单位分房，一般按人口，还得看是几代人。比如说四口三代，跟四口两代，就有好大的不同。

有个寡妇老太太，有六个孩子，都参加了工作。哪个儿子家要分房子了，就好言好语把老妈连户口接过去。老太太有求必应，积极主动。哪个不是自己掉的肉？有时起了作用，有时没起作用。没起作用的，事后就往起过作用的那家推了。

房子人均才两三平方米。或燕尔新婚，或年富力强，孩子还一个接一个，地方也是太逼仄，不方便到忍无可忍的程度。

老妈为他们着想也体谅他们，服从安排。

后来，挤到姑娘家去了。那是个日本占领时期的日式房，一间小屋窗朝西。夏天天热能热死，冬天煤气味能熏死。

房漏偏遭连天雨。日式房下水道年久失修，不干活儿了。

连天阴雨，凉着了，老太太闹肠炎。上厕所得顶着大雨跑儿子家。她一句责备的话也不说。

唯一让老妈有点心酸的是，那天晚上儿子没留她住下。(1982)

盲 老 人

轮船过三峡，人们争先恐后拥上甲板。

一位盲老人，拄杖摸索出来，人们让开一条道。

他凭栏远“眺”，用心与情。

还听说一位可敬的盲人，旅行世界。（1982）

老奶奶

○九十四岁。什么事儿，清楚着呢。

家里吃鱼。对二孙女说：二呀，这鱼汤鲜亮，奶奶给你泡饭。二的一旁吃去了。她又说，老大呀，奶奶不愿吃肉，有刺，你吃吧。其实，她更疼老大些，不明说。

○儿媳嫁过来时二十一岁。刚落雪，婆婆就叫她多买冬菜，说这样省钱。

买吧，走廊、床下都是白菜土豆。

到冬天，老太太说：“哎哟，这都要烂了。让你大姐拿去些吧，省得糟践。”左一次右一次，拿了一多半。原来，早就安心带出姑娘那一份了。

○老太太当年嫁过来二十五岁，比女婿大五岁。女婿念书，想上北京政法大学。他二十八岁时，三个孩子。兄弟分家，得一匹马。卖了，拿着钱，到老丈人家大门口，膝行进屋，恳求丈人代养妻儿，一定要上完大学。

老丈人疼女儿外孙子，咬牙答应。

○男人从家里拿黏豆包，带到北京去，一吃多长时间，有的都长毛了。毕业回来带两皮箱书。他姥姥在他生的时候，做的麻花被，补了九块补丁，外加一块洋袜桩子，也带回来了。

○男人身板赖巴。她割了腿上一块肉许愿，还烧香求佛爷保佑。吃长斋。祈求男人健健康康。

〇男人回来，有人答应给配一个老妈子一个听差，还有楼房住，请他到法律机关干事。他说我不为政。挂牌当律师。收入不错，可惜四年就死了。

〇律师联合会主任，给死者大儿子出主意，让他披麻戴孝，到各律师家叩头。律师们慷慨解囊，发送七天，走金桥银桥。

丧事后还余五百元，除给大儿子娶个媳妇，还又过三年宽绰日子。

后来老太太与女儿给裁缝店缝“贴翘”（衣服边的一条里子），每天挣八角钱养家。

〇她对闺女儿子说：我这一辈子最知足的，是你爹从北京回来，没带小老婆。

〇她纳闷，问儿子、媳妇：“你们看电影，怎么还老看？看一回就行了呗。”她住哈尔滨大城市，几十年没看过电影。儿媳给她买了票，让她同邻居老太太一块儿去。头天晚上就洗头修脚，找衣服，通烟袋。第二天去，不到半小时，回来了：“妈呀，黑妖洞似的，不敢睁眼睛。眼前一个劲地跳。”一辈子，就看这么几分钟电影，再也不去了。

〇她有副小金（耳）圈儿。孙女逗她，一个劲儿地要。她说等着，明个给你们。

她眼睛失明，听着跟前没人，把耳环摘下来包好，揣到贴身处。

等孙子媳妇来了，问：“给我买药了吗?”孙子媳妇说：“奶奶不就导果（治便秘）吗？买这么多呢”。她又摸着孙媳的手，知道没错。小金圈儿，才颤颤地拿出来。

○孙子有时跟她开玩笑，说："老太太，来煤啦，找人卸煤吧。"她不信。

"来信啦!"孙子装着邮递员的腔儿，挺像。上了这么几回当。

又一回，有人说："老奶奶，来信啦。"她说："小兔羔子，我叫你糊弄我!"说着回身舀一瓢水泼过去。泼了真邮递员一身。

○外头大街上挺热闹。老太太问那时十来岁的孙子："什么事呀?"

孙子说："皇上来了。"

"咱中国还有皇上?"

"外国的。"

"外国的来中国干啥?"

"家让人家给占了，投奔咱们来了。"

"哎哟，那得好好待承。啊，户口可有？没户口怎么领粮?"

○每当儿女回来，她先问："都谁在屋里呢?"说儿媳在，她就说另一套话儿。不在，同女儿说体己话。

一回，忘了问屋里有谁，就同女儿说："给我拿啥啦?"女儿说："十多个鸡蛋。"

她说："哟，拿这干啥？他们这有的是，你拿回去。"

"他们是他们，我是我呀。"

"再不，你煮了，咱娘俩吃。"

她从女儿口气中知道儿媳妇在屋里，口气马上变了："我寻思你们舍不得吃，都给我拿来。这儿不断吃，你拿回去吧。"(1983)

一辈子净哄孩子了

十八九岁，“填房”（嫁丧妻者）。媒人、男人说，前房只留两个孩子，话说得“叶儿百圆”，能不信？

盖头一揭，眼前就有仨，可怜巴巴仰着小脸看。

男人说，这里面有一个是邻家的。

快睡觉了，一个孩子在门外哭。女人开门，是三岁左右的男孩儿，她急忙拉着手领进来。女人明白，这是第四个。

过后问孩子们，才知还有个女孩，送给姨了。

女人告诉十三岁的大儿子，到姨家同妹妹玩，瞧空儿领回来。姨呢，不同意。后来女孩夭折在姨家。

男人住南岗这一带，当电工。会几句俄语，俄侨旧衣服送给他，大人穿完孩子穿，整得一家人，看着中不中洋不洋的。

女人没生育，拉扯一连串四个儿子长大。接着又哄一连串的孙子孙女。今年六十七岁，挺瘦，身体好，响快乐观。她说还能哄重孙子女。后来，笑着补充说：

“我这一辈子，净哄孩子了！”（1987）

鼓　声

在家里，能听到铁路局球场打鼓。几个鼓手上来，均不熟练。鼓声像跛足的人马走路。

想起童年，大伯家有套锣鼓。而且小屯里只此一套，很旧了。过年过节，拿出来敲一阵。那样的偏远乡村，一年也听不到儿回。想来它曾不止一次撩拨过许多童心。也许还有姑娘小伙子，他们会想起正月的秧歌，那是他们的狂欢节。

一过年，和我“般大般”的几个侄子，就把锣鼓抬出来，我也加入。最常打的，是“喷喷嚓”，还有“七八隆咚呛”这两种鼓点。参加工作后，单位偶尔遇到节日喜庆，扭个秧歌，我就自告奋勇当鼓手。

还有一种鼓，跳大神的鼓。有些像筛面的箩，有把儿，用铁丝穿上铜钱，一边敲着，一边哗啦哗啦地晃。左手执鼓，右手执鞭。大神就是满族萨满，巫师。农村有句话：“跟着啥人学啥人，跟着萨满跳假神。”那鼓点是“当当—当—当当”，也变换自如。一敲几个小时也不觉得腻。女大神男二神，嗓音清脆或浑圆，还带感情。跳神多半在夜间，神秘刺激。孩子放猪就学着，喝喝咧咧地唱。神鼓，是让孩子们向往的东西，家里有铜盆，就拿来当鼓敲，铜盆倒霉了，坑坑洼洼，体无完肤。

远房有位二大爷，年长的都叫他二花先生。那时还没有牛痘，给孩子“栽花”，就是用经过简单处理的花痂，危险很大，孩子也是要过一道生死关。他走屯串户，给孩子们栽花。后来种牛痘办法传过来，保险，还不遭罪，他也就失业了。有一次，他竟然拉起四弦琴，唱起影调，孩子们开了眼。他瘦而高，脖子细，喉结大，本身就像个影人子。嗓音却清脆尖亮，适合唱影调。后来读书看到“响遏行云”这个词，就想起二大爷的影调来。

这便是我的音乐启蒙教育。回想起来，苍凉悲远。

现在的孩子，多好！（1987）

诗意劳动

住七楼，俯瞰铁路局球场。

围绕场子，一圈台阶式观众台。土场地，每使用前的清晨，有三位老人，撒沙垫平，从绿树掩映的食堂那边提水喷洒均匀。稍干，人拉铁碌慢悠悠压两遍。接着，精精细细用白灰画线。

赛中休息，三秒区内一定要洒水，再碾压一遍。

三两个星期，要大维护。先拉管子浇水，筛出细细沙土，成两三堆，用轻巧板锹泼撒细沙，撒出一张张扇面。鹅黄色新土上，蹒跚的脚印一串两串。弯腰细看，挑拣指甲大的土块碾碎。再经碾压，场地成了白色的。

篮球场隔壁，是网球场，退休干部们分秒不误，来消遣锻炼。有时光着膀子，露出光亮头顶，哈哈大笑，或认真争执。这边三个老"艺术家"，好像没听见没看见，专心自己的创作。

就好像，他们是为世界决赛准备场地。

是铁路退休的老师傅呀，老兄弟们，我敬重你们。(1987)

市　　声

人有聚落，市便有声。从古至今，从中到外，市声可以反映不同生活水平，不同历史阶段，不同的风俗民情，不同阶级不同民族的愿望与诉求，细分析，可以反映人的性灵。

市声的变化发展，从一个侧面描绘了人类的奋斗历程。

开始简单，单声部，比较细碎：犬吠鸡鸣，捣衣舂米，市上叫卖，邻居对答，筑墙锛木。

日益复杂，和声，宏大：车辚辚，马萧萧，晨钟暮鼓，拉纤号子，官府鸣金，勾栏锣鼓。新的声音不断加入，曾有过小巷叫卖，有过元宵夜笙歌。钟鸣鼎食，金戈铁马。

到现代，不说别的，交通工具声音有多少？建筑声有多少？世界上不时有非常的声音出现，战机呼啸，轰击爆破，巨炮隆隆，雪崩地裂，海啸山洪。

但愿非常声音越少越好。但愿全世界城市之声越和谐越好。

盼着有人能写出市声发展史来，配上声音更好。（1987）

孤儿有家后

小男孩儿，衣衫破烂，污头垢面。孤零零在松花江江边坐着，夕阳江水映照下，更觉令人可怜。

老友佟树林，伪满时在哈尔滨叔父家上优级（高小）。也到江边玩儿。近前一看，小男孩满身生疥疮。一问，才知是朝鲜族，父吸鸦片死，母病死，已无家可归数月。

怜悯同情。一头汗特意跑去，告诉跑腿子打鱼的老耿头儿，说这孩子怎么可怜又怎么聪明。

此后，欸乃渔舟中，就是一对父子的身影了。

光复后，男孩当工人，本分肯干，一直当到厂长。

晚饭是一家三代，一天中能一块儿进餐的时候。主妇把老爹的饭先盛上。老爹不动筷子，谁也不动筷。邻居没有不说厂长孝心的。（1992）

母　性

老佟好感动，从千里外的秦皇岛打电话来，只为要给我说一个他感动的故事。

一女孩儿母亲殁了。父亲给她找了一位继母。一二年后，父亲也殁了。后母要改嫁。

后母出门上车，女孩儿趴在门框上哭。

后母突然下车，哭着宣布不嫁。后果然抚养女儿成人。(1999)

暴雨时电话忙

暴雨，下得人心里发怵。就想，孩子不巧在路上可咋办。赶快打电话，问姑娘，到没到家。说是到了，悬着的心才算放下。电话刚撂下，立刻丁零零响起，原来是儿媳打电话来，问小孙子回来没有。

下暴雨电话忙啊。忙了好。(2009)

悲白发

我五十几时，未见白发。老伴现在七十几，白发也只限于两鬓。历来人们担忧早生华发。可是子侄辈，未至四十，头发大多白了。一律染发。

伍子胥过昭关一夜间头发全白，据说并非个例。

上有老下有小，利欲无涯，都把发财当性命。文化、机遇、背景、能力平平者，雀似的有上顿没下顿。窝儿也没一个，工资不吃不喝一百年也买不起一个小户型。雀还不知道愁哇，人却知道，头发哪里会不早早白呢？

农村一外甥媳妇，正当壮年，头发早白，到外村找拔草零工，人家说老太太不要。为了劳动力好出卖，染发也就必要了。

唉，要掩饰到几时呢？（2011）

马扎老头儿

一过古稀，乘公交免费，心上却多了好几样不落忍的事儿。

年轻人，更多的是四五十岁的，家里也有老人的，连忙让座。他们负担重，也许路程远，这样拥挤，得个座不易，繁忙中有个小憩，反而要让座于我，觉得不落忍。

拥挤，只能站在人家座位旁边，也自知是一种讨嫌。不让座，也是本分，我不看人家。人家不是扭过头装看窗外风景，就是闭眼假寐。这几年又多了一招，全神贯注玩手机。可是站着的是个爷爷辈的，似心有不安。

有不安感就好，就是心怀善良。毕竟人家不安，我更不安。

平衡力一日不如一日，车一开一停的，即便拉着扶手，也总像个不倒翁，东北话叫“扳不倒”。常有扑到人身上的时候，得赶快说声对不起。

频繁地停、开，我也就频繁扑人。

人尽皆知塞车，而汽车唯恐少造，唯恐少卖。如同明知江上涨水，却还要大口径管子充水。火上浇油？明知道是制造困难，利益使然，就业使然，不能不如此，然，却是心里发堵。

一辆车要起步了，我跑了两步上去，司机嘟嘟囔囔说，都多大岁数了还跑。

可不是嘛，司机心有不忍，这若是一下子摔到哪儿，他不是摊事了吗？关乎他一家命运，我也觉得他说得对，心里不安。

马扎出门一拎，等车时一放一坐，车上无座，找个少碍乘客活动又有把手的地方，一放一坐。医院排队交费，也是自带坐处一放一坐。

得到几回点赞，有老年朋友说这办法不错；有中年妇女脱口而出：就地解决。

赞许是赞许，可是未见同调，人们更看重形象。

夏天有一个周五去医院，未带马扎，一位常来给他父亲开药的同志问我：老爷子今天没带马扎？

其实让座的不少，毕竟我们是传统“老吾老”的民族。太挤，转不开身，咋让？最近一天上车，有姑娘就让座，我忙说谢谢，我有马扎。姑娘说，那个晃。起来就到后边站着去了。

一句“那个晃”，一车人听了有何感觉？我心里是暖暖的。（2013）

一天一件新衣

老家有位妇女，喂九头牛，一群猪，种四十五垧地，每天还要做两个豆腐（用黄豆百斤）。苦干一辈子，家里渐渐发起来，前后二屯没有不知道老某太太的。然过于节省，旧的能穿，绝不穿新衣服。说我一天喂牛喂猪湿一把干一把，又没空上街，新的也穿瞎了。

六十刚过，渐渐觉得体力不支，一检查，得了绝症，不能手术。

一翻箱子衣柜，新衣不少，还有没上过身的。跟男人儿子定好后事，就想，也该享受几天了。

怎么享受？一天穿一身新衣服。新衣尚未穿完，安然入土。（2013）

误　解

一位城市老太太。与卖报的老姐妹唠嗑儿，指着街上的几个人说："妹子，你说如今的年轻人，怎么一边走着道，一边自个跟自个说话？"

不知道人家有蓝牙耳机，说电话呢。（2013）

一句热语

身后有人对我说："太滑呀，小心。"

我只顾小心走路，没回头，连说谢谢。

光滑的石头甬道，光滑的冰包，清晨又下了一点光滑的清雪。还有四五级光滑的台阶。

肥膪膪的一位中年男人，从我身边过去了。

很为这位陌生人的父亲、母亲高兴。（2013）

三　大姐小妹　亲兄热弟

心一热

“给他打一副锅盖，一个面板，他家才来。”他吩咐下边。

面板、锅盖，在林子里安家吃饭，是少不了的两大件。有买的，就有卖的，兜里没钱，咋买？

场长的安排，让新来的职工，心里一阵热。

出河场长赤红面子，大蒜头鼻子，大嘴叉，身材魁实，脖子显短。牙很白很结实。好龇牙咧嘴地说话儿，说时常喘粗气。据说赶大车出身。外号跟他名字谐音，叫“大圣”。

我参加工作在白林出河场场子弟校，教一年与三年级复式班。新建校，缺什么少什么找他这场长，“行，下晌工人送去。”准就送来。再不，“解决不了，你们克服克服吧！”说什么好话也不行，再说我也不大会说求人的话儿。

他抗上，分局科室对他都小心着。粮食“统购统销”前，他把原存的变了点质的粮食“处理了”（分给职工），犯个错误。

在深山老林里冬天采伐木材，用牛马套子拉下山来，运到汤旺河边，叫压楞。河里早已事先修好几道水闸。到白林这儿拦住，木材出河上岸装火车，所以叫出河场。夏天忙时有千八百号人。出河、抬大木、装火车上跳板，号子声此起彼伏。工棚子一大片，家属有草泥房子，商店饭馆一应俱全。也是龙藏虎卧之地，解放不久，敌伪国民党的人，改名换姓到偏远新辟林区的，也不少。所以“大圣”这个官不小，也不好当。不过大家都服，还称赞。都把那孙字去掉，直接叫“大圣”。1954 年他在木材科当科长，我转去当科员，所以他两度是我的领导。(1952)

“大老博”的衣裳

抬木头装火车，跳板长而高，颤悠悠步步上坡。

生手干不了。那得“大老博”(“老博得”俄语“工人”。林区加一“大”字，是指工人中重量级的人物，收入高过当时分局长和场长)。

他们，大垫肩儿、背心、灯笼裤，都比着看谁的颜色新鲜好看。大红大绿，粉的黄的，都有，料子像时兴的彩旗，很薄，绸子般的，在跳板上风一吹，飘逸抖动。谁能引得“长头发”的偷看，谁就高兴。(1953)

蹚　　河

这里的河水，凉得扎骨。叫空山水，冰雪刚一融化，就流进河里，能不凉？为了不误去沈阳木材调配局开会，竟然蹚过来了。小腿骨先感到咯咯响，先疼后木。一会儿红了，火燎燎的，

发热。(1954)

一号车厢

61次客车一号车厢，挺静的。一看，有一半左右的人在看书。

有位军人比我大不了一两岁，黑，粗壮。微笑的眼睛。拿一本厚书，与人讨论。还有看《东北文学》的。

列车员代新华书店卖书，买的人不少。(1954)

转 业 兵

1953年，林业三师转业来林区，有位郝营长，农民出身，四十多岁。

和日本帝国主义、蒋介石战斗了二十多年，历经大小百战。在战斗中入党。光荣负伤二十七次，嘴歪了，脸落着疤。

当战士时，为拿到敌人作战地图，独自入城，凫水、跳墙藏在池内。终于完成任务。

转业不情愿，荣誉（战斗负伤）军人，那是“身上打个眼，比毛主席小不点儿”，但他服从。

没文化，管林业他不会，他从头学。(1954)

赘疣变美

闯半辈子山林的刘大叔，是技术员。他说，长在色木或桦木上的大包，花纹自然，美丽精致，能做成工艺品。还有一种长在各色杂木上的“牛肝”，可做成相框。（善与美互为依托。善良的人与自然共处。）（1956）

怕 见 人

人有缺点（短处）不愿见人，是常情。可是很多人没有亏心处，却不愿见官，有些人要巴结却求之不得（人谓无求无畏，其不知，有求更无畏）。（1956）

两面不光

两面光，两面不讨好。不会给人留下好印象。即便留下，也不长久，最终落得尴尬地位。（1956）

不过是麦粒肿

呢绒大衣，高跟皮鞋。用丝手帕拭眼。眼微红，下眼皮有点肿。脸对墙，不敢看其他患者一眼。

“觉得怎么样?”大夫扒一下她眼皮，问。

“痛……”她推开大夫手，拖长声说，“完了的，都睡不着觉。长哪儿不好，单长眼睛上，昨天眼毛掉了三根都不往出长。”她有些委屈，眼泪就要滚出眼圈儿。

“不要紧，掉光了也不会减去你的美丽的!”两个同伴说着，笑嘻嘻的。

“你们咋不死呢。”说着，咯咯地笑，眼泪就滚了下来。

大夫开了油质盘尼西林。护士为她注射时，她仍流着泪，笑着。看见人们都注意她，就转身跑了出去。(1956)

下棋见性

○见对方一手持子久不落下，说：“我先睡一觉，醒了再下也赶趟。”急性人。

○上来啪啪就是几步。明知错了也不往回拿子儿。是喝凉水放响屁的手儿。

○走一步十分钟，棋子带猴筋儿，见不妙就往回拽。火上房不急，内秀。

○走一步好棋，扬扬得意。得意应是有真有假。真得意者，开朗，小聪明，无城府。反之，轻浮，无心计。

○下输了，不服气，心里难受。非找机会赢一盘不可。表现相同，内心与性格却不同。

自尊心过强，明知技不如人，仍闭目不看人家优点。技艺、修养难以提高得快。

不甘人后。沉着，分析人家优缺点，提高自己追上去。

○还有一种人，起局收局，快慢输赢，都不在意，不过游戏嘛，哈哈一笑过去。

○一场鏖战收局，宿舍里对阵双方与看客，躺床上休息。有人怔怔地、有人沉重地、有人激动地苦心琢磨。

擅俏皮话者说：这盘棋还没结束啊。(1958)

雨　　衣

孟哥是采伐段长。上山干活包里总放件雨衣。

一天忽然下雨。工人们未带雨衣，他也不穿，同大家一样淋着。(1959)

散　　步

伊春城西，有一条蜿蜒钻入南山的土坝。前年的夏天，小妹彦杰和我，均因肺结核病，在家休养。早晨，常在坝上面散步。大坝里边，现在已建了不少住房，那时还是茵茵绿地，有几只奶羊悠闲吃草。我们还到河边看过人家钓鱼。

一奶同胞，只我兄妹，同病相怜，相互鼓励。所以散步回去，情绪就振作起来。妈已经做好早饭，还有两小杯牛奶，这是平时没有的，妈自己是绝不舍得喝一口的。

三年后的黄昏，散步的只我一个了。想起了小妹临去前那双依旧明亮的、小羊般的眼睛……从那时起，我没有了同胞。

(我长小妹四岁。小时家困难，零食基本没有，一旦有些，与妹平分。我吃得快，妹舍不得，慢慢吃，留一点儿。我就老妹长老妹短哄着要，她哪次都给。大约 1960 年，发表了一首小诗，稿酬十元。她给我买一件衬衣，淡蓝色的。还有一支笔。我早期习作剪了报，粘在一本子上。她走后，我贴了她一幅小照在扉页上。)(1963)

轻盈愉悦

活泼开朗的年轻人，明媚的早晨起来，往往油然而生一种轻松愉悦情绪。愿意与人打招呼。疗养院护士小宋，提个白木盒轻快跑下楼来，迎面遇见我。

就问："你猜，装的啥？"

想到有些疗养员需护士打饭，就答："饭盒。"

她说："小死孩儿！"垫着步，一阶一跳跑下楼去。(1963)

孙贵骑车

孙贵可是那时伊春街面上的名人儿。是大修厂的电焊工，活儿干得又快又漂亮。爱好文艺，吹打弹拉都来得。说上更突出，快板、评书、快书都行。说相声说学逗唱，哪样都不比专业差多少。哪次会演都是台柱子。

还有一样绝活儿就是自行车骑得出神入化。过个小沟儿，别人能把前轱辘提起来，那就会引来赞扬声。而他呢，能提前轮再提后轮。那时哪个单位差不多都有个铁管焊的车架子，前轮伸到柱子里，能立住，还少占地方。他能直接把前轮骑进去再下车。街上遇到熟人，不下车，就能谈个三两分钟的话。伊春有铁道口。遇到过火车，齐刷刷都下自行车，在那儿等候，唯他骑在车上，安安稳稳地等。

接触到的东西就会。这个厂从沈阳迁来。据说在沈阳时，他就是全市修自行车的一把手。（头脑灵活。一改革开放，大修厂

下岗不少。他立刻开了个电焊铺子，手艺好，都找他，挣得多，还是整天“没个正形”。）（1964）

捞水桶

水桶不慎掉井里。井很深，不好捞。架不住下功夫，下雨捞，刮风捞，大太阳晒着也捞。赌气说，我就不信捞不上你来！第三天，果然捞了上来。

他把水桶砸碎了，抛得远远的。（1968）

不会生气

胖胖的，笑眯眯的，什么话也不说得很肯定，什么事都和稀泥。人家让他主持一个片会，又不信任他，暗里另安排了一个。

人都以为他不会生气，哪知脸上笑着，心里气得发抖。

他似乎是一块泥巴，怎么捏怎么是。哪知，泥巴干了，也会硬起来。（1978）

见不得好

〇我对床萧老头，年轻时抬过木头。一辈子没成家，钱都搭帮在侄男哥女身上了。

〇他先来的，我与他共用一个衣橱。他让我多占一格，说：“我东西不多。”

〇关心他顶头床的肺心病患者，记着他药和饭吃了没有，还告诉他儿子："给你父亲调理着吃。"

○他们公司，春节慰问，送来菠萝罐头。护理他的老赵看那瓶子好，说可以装个小咸菜什么的。倒碗里吧，下顿吃饭还得用。他着急送这瓶子，就可劲吃。

○一天晚上，我睡梦听他叫"老屈同志"。

猛醒过来，见他大口喘气，眼睛瞪着。心脏病突发？我急忙去找大夫。回来，他指我腿喘着，说："凉……腿……"

原来我着急，只穿了一条线裤。难得他自己顾不过来还顾我这么个小事。（1980）

表 演 会

一篇发言，几处弦外之音。批评领导管得太严，实际是表扬领导工作认真。真想给领导提意见的，免不了冒着"不受管才有意见"的风险，三思而行。

看领导不得意谁，对谁便是语带讥讽，便是嘲笑。

笑声，也适当插进，起到语言起不到的作用。比如，领导讲到该笑之处，领导不喜欢的人，当场出丑，他都先笑。笑的声大声小，故意窃笑还是好像由衷地笑等技巧，得心应手，运用自如。

有的一心升迁，有意展示才华，见解高深，讲话雄辩。都是为给领导留下烙印。（1980）

金子之疑

老爷子病重，对守寡的大儿媳说："我有一块金子。"用拳头比画说，“这么大。”对一个孙子说：“你奶奶狠啊。我那大柜边上有五百块钱，我死时你拿去说媳妇。”

孩子他妈说：“孩子，咱可不能花这个钱啊。会跟你叔他们闹不和……”

公公故去，不知这金子真有假有。就一个旧枕头，满是油腻也不洗。有个媳妇抢着去烧了。

大儿媳来这个家，小姑子才三岁，嫂子就像对自己弟妹一样照看她。她说：“嫂子，咱没那个命。爸妈抛下这点东西，也不能过一辈子，咱不要。”（1980）

喜爱工具

刨子凿子扁子锯，钳子锉子刀子钻。样样擦得干干净净，保持临战状态。见到有卖小巧各行工具的，拿起来左看右看，不放手。比如台式一个小虎钳，一套很小的螺丝刀，不买回来就迈不动步。而买回来，除了把玩，有的一次还没派上用场。

就像他买书一样。他认为工具也是书。

他的职业，与那些工具无瓜葛。

爱好，是一种纯洁的情感，从爱好，可以看出人的性情品格来。（1981）

驯虎女

○苏联影片《驯虎女郎》，翻译过来，我国观众称奇。

其实我们也有驯虎女。

她两岁成孤儿，养父母又死，又成孤儿。

从九岁到十三岁，收留她的是一个老拳脚教师。走南闯北，领着很不方便。不得已，托付给姓杨的人家。杨家给那老师三百元做报偿。

〇她十七岁时，全家进了杂技团。团里进了两只小虎，她报名去驯虎。老爹不同意，说：你若是我亲生的，我不管。可你要去，出什么事，我咋对得起那老师的嘱托？女儿坚持，杂技团头头也来劝。

〇她爹说，写文书，脱离父女关系。

她说，有没有那张纸，这一辈子您都是我爹。

老头儿捧着那张文书痛哭。

驯虎，每月工资还交她爹。

〇苏联驯虎用电棍，这姑娘拿根狼牙棒。喂食爱抚，听话了，才教节目。

小虎终于出徒，到一大城市演出，挺轰动。

有一天表演完了，忘了关笼子。小虎哥俩溜溜达达逛街去了。

这一下乱了营了。有人要开枪。

姑娘说，我让它们吃了，你们再开枪！

〇给吃的做手势，虎们都不听她了，她急了，使一个拳脚把大虎蹬倒。按住天灵盖教训一番，虎哥俩才跟着回来。这事轰动了。中央领导都夸奖她。

〇从北京回来，抱着老爹哭，把那张断绝父女关系文书要回来，扔炉子里了。

〇“文革”斗她男人（本团团长），也把她弄到台上。她动

了武，踢了一个人的下身。回到楼上，又一个女人来要抢人，又踢跑了那女人。(1981)

有责方可尽责

邻居老金，老伴一辈子是家庭妇女。

后边空地上，要开发建房子。来了一个工程队。他们要找一个临时工烧开水，送开水。金大嫂谋上了这个差事。

这是她头一回参加工作，特别兴奋认真。下雨天送开水，棉袄都浇湿了。大家雨休，她也把水送到工棚子。水凉了，就倒扔了，再烧。说雨天喝热水，省得坐病。

邻居妇女取笑她：这么积极，想评劳模？她说：去你的，咱得对得起人家。(1982)

真 能 逗

〇谢猴子，早上给老婆拔上大火罐。忘了，直接骑车上班。他老婆看邻居从窗前过，就喊进去给拔了。邻居同谢一个单位，到班上对谢说，你老婆叫你回去。谢哎哟一声，飞车往家里跑。

谢闲不住，在排练室，练自行车技。墙脚有根水管，他能嗖嗖爬上去，做猴子状。

〇在友好演出，第二天八点未起。室友也是玩笑随身带着的，穿背心裤衩在地上跳舞。服务员推门，室友忙躲到门后。服务员见状退回。

谢喊服务员。室友刚从门后出来，没等上床，紧忙躲在床后。

服务员问：什么事？

谢：你们这屋有耗子。

服务员：是吗，从来没有啊。

我饼干给咬了，就在床下。

服务员要去看床下，室友连忙喊，别别，我在这儿找袜子呢。

○玩扑克，李埋怨老张瞎打，并说，就叫你张瞎打得了。

此时有人找李主任批条子。李看也不看，拿起人家递过来的笔，飞快写上名字。

老张说，那你呢，叫什么？就得叫李瞎批。

○一响快泼辣女人。坏了、毁了，她常常说“毁之”，拿之乎者也开玩笑。

办公室地打蜡，她用一只脚推椅子，一滑，嗵地蹾到地上。男女同事大笑。

一同说“毁之”。

她坐在地上，郑重地说：“这个之字，在这儿是代表屁股。”

○“这酒，嘿，到底不一个味儿。”

“可不，喝完60度，再喝50度。”

“嗯？”拿起杏花村瓶子，凑到跟前看，还推推眼镜。

“你寻思原装呢？哪有那好事！”

他又迅速推了一下近视镜，张大眼睛，无语。(1982)

混

很早当干部，未见其设一谋，办一事。遇事上推下卸，不说一句肯定的话。

说过无数次研究研究，人未见他研究一次。

哼哼哈哈，对对对，好好好，应付过去就拉倒。

法宝是凡事不表态。什么运动也没把他运动下去，小小太平官，稳稳当当。(1982)

机关油子

二十六岁当处长。后来当到厅局级。笔杆子出身，对事情看得透。

他的名言："反正就是那么一回事。"

究竟怎么回事，听者自己去参悟。绝对口是心非。上级说某事你去完成。他知此事不利于上级，那肯定完不成，完不成却受表扬。过年先到领导家拜年。也有来拜他的。他事先留个本子，谁来了，签个名。(1982)

招工讲话

在一次招工会上，林场书记小贺，对青年点儿的人说："这回招工，大家别慌。该是你的，别人抢不去；不是你的，怎么的也不行。你们有酒有肉，喂狗也别给我们这些人吃。"大家就笑。他又说："送了也白搭，我们这些人，都是没底的坑！"(1982)

别没事找事

林场书记小贺，媳妇长得白净，人也聪明。一门心思让小贺升官，处处留心。小贺买了一条床单。她一看，同公家招待所的花色一样。便一惊，说别没事找事。忙去换了一条另一样的。怕人家怀疑生事，影响男人升官。（1982）

文学痴情汉

挺黑，几乎让人误解是非洲人。天生卷头发，四方大脸，塌鼻梁，一口坚实白牙，常开口笑。憨厚诚实。

诚实了，就较真。是转业到林区的。在某林业局森铁工作。我们是在市里业余作者会上认识的，比我还要大几岁。

由于宣传部长潘青是作家，重视业余文学创作，因而本市年轻习作者，有机会常见面。

每次谈他作品，大家都语重心长提出意见。感到他写得太死太拘泥。他认真记，一宿一宿地改。抽自卷黄烟，叫“喇叭筒”，一开他的门，烟就涌出来。但怎么改，也还是没有新的感觉。

下次还是开会，他的稿子还是老样儿。但“回也不改其乐”，总坚持。

几十年后，伊春年轻作者小曾来，又说到他。说学习班给他作品诚恳提了意见。然后散会喝酒。他喝多了吧，痛哭一场。大家劝慰他，说你本身就是作品啊。

还有一位来自工厂的老作者。写了一辈子，自费出版两本寓言。老伴没了，女儿没有工作，他退休金微薄，一间小屋破旧。但仍然坚持写。每到过年，他都要打来电话，自报我是作家某某，问一声好，也就挂机。他说长话短说，说多了电话费多。

热爱文学，无大作为，痴心不改。我与二位“何其相似乃尔”。

痴情值得敬重，但不敢鼓励呀。（1984）

有 车 了

○小李独立有车开车，地位就变了。教师也和他一块儿抽烟，说话唠嗑，有说有笑。他没在意。原来是有事用车，用完车笑脸没了。

○事先有笑脸，见面没话找话，平时抽次烟，这回递上好烟。不用问，一定要用车了。有时他就开玩笑说：递烟，又有活儿吧？

○小李的原则是，原来的“青年”或困难同学，没门子的，千方百计帮忙；有门子的，千方百计拒绝。没门子的或工人求人，得先寻思好了，约莫能答应的才开口。地位不行不硬气，不像教师那样理直气壮。（1984）

四　男人女人意中人

悬　　心

〇淑珍去山坡开荒，回来见路上有血迹，像是谁一口吐下的。马上害怕心跳气短，走路腿发软。她以为我去接她，半路咳的（那时我正闹肺结核，时而痰里带血）。三步并两步跑回，脸色煞白。见我平安如故，她却瘫软坐下。其实，她看到的，可能不是血。

〇我一擤鼻子，淑珍就快去关窗。因我“弱不禁风”，过堂风一吹就感冒。

〇有人多年未归，闻母病讯慌忙赶回，见院内清洁规整，立即放心，因平时院子都是母亲收拾。（1962）

免除误解

妈妈做饭。来了客人。妈妈说，你看，夜个（昨天）媳妇上山割条子，摆（把）手割了。我说你歇歇吧，我做饭，要不，手

该肿了。（1962）

同是天涯沦落人

白老师，开原人。1951年开原发大水，家荡然无存。他来林区，教学，教师中年长者。

日本女人井淑珍，光复时流浪辗转，让一个地主捡去当小老婆。有了婚姻法，那被斗的地主怕事儿，赶她出门。

经介绍与白结合。井淑珍勤劳干净，侍候得白老师利落精神。日本国内亲人终于联系上，小井回国探亲。临走前，吃的用的，都准备得齐齐整整。

白老师想啊想的，病了。本来地方小，大伙都关心他们，说“小日本子”（背后都这么叫井）不能回来了。

她回来了，大伙都高兴。带回些日本小巧东西，如能折叠的自行车，录音机等。白老师病重，常埋怨她，说这个女人啊，井仍微笑，亲昵地说你放心，我再不离你一天。大伙说，若不是小井照顾，白老师早没了。

白老师下葬后，井按遗嘱，放白生前录音给送葬的人听。

那时录音属高科技，新鲜。好像白老师瘦高眼白大，走路因关节炎，弄得腿像木头似的，又来到眼前。听着听着，都哭了。白感谢大伙，更感谢井，拜托大家给她些关照。

后来，我调转工作，听到消息是，井天天跟白老师照片说话儿，守着那照片和那间小屋过，怎么也不想离开。（1964）

抢着担水劈柴

妻连打喷嚏，流涕。我去找装药的纸盒。她呢，却连忙去外屋夹起了扁担拎了水筲，挑水去了，喊也不回头。

自来水通不到住户，但有水站。水站多为简易的小屋，建于本片区民中心点。水管伸于小窗外一米多远，管水的从玻璃后面看着你接水。

我是有名的“结核篓子”，肺有空洞。妻一直不让我担水劈柈子，她抢着干，怕我累着吐血。

我写稿子，外面的嘈杂听不到，她也尽量悄声去干这些家务重活儿。水缸常满，小柈子成垛，免得我着急。

百米担水回来，挺吃力。我把水倒在缸里，她还要去。说是她若发烧，一两天内就有水吃了。(整理时补记，1969)

哄 媳 妇

妻堂兄开车，尽职尽责，后来当到车队长。车开一辈子，大小事故，没出过一回，传为美谈。早年给李延禄副省长开车，住在车队里的，一个礼拜也就回家一两次。

一进门，笑呵呵的，带来全家欢。老爹老妈兄弟妹子四五个孩子，笑容顿时绽放。接下来，生火，撸胳膊洗手，切菜做饭，刀勺齐响。大嫂不让，大哥悄声说，该你歇一会儿啦。

吃过了饭，大哥兴致勃勃张罗打对主。大嫂笑着上场。一家围着指指点点，欢声笑语。

三代人十三四口子，念书的妻，也在伯父家住着。两小间水泥地屋子。生活不宽裕，全靠大嫂持家。大哥性格乐观，但张罗打扑克，那可是特为补偿大嫂。大嫂就喜欢打对主。（整理时补记。1968）

豪气女人

“老大疼，老小娇，最不疼的是当腰。”她是老二。

母为名门闺秀，却被抛弃。父是清华生，另有新欢。

十五岁初中生，参加革命。大同志都娇着她，老炊事员也把锅巴给她吃。她同人闹意见，大家会偏袒她。于是有点骄横，不管自己对不对，不高兴就发脾气，耍性子。

后来，同年岁比她大的男人结婚，那人疼她像疼小妹妹，助长了她的脾气。

变故突然。男人被打成什么分子。她委屈、沉默、焦躁，沾火就着。接着是二十年的底层生活，贫贱夫妻百事哀。人们形容说：她把男人挂在脖子上，把孩子背在身上。

她说：男人是我捡来的，孩子是我生的。

她有几位女友，都是有才华，但也是物议不断的风流女人。特别是其中一位，跟一个爆红的诗人走了。后来竟组织个“反革命集团”。那诗人与她告别，留下半个螃蟹，一张白纸，一个谜呀。

政策落实，男人复官，就有人劝她了，别跟这几个女人来往。可她说那还够朋友？该交往还交往。（1985）

疼

○在林区工作，上下班多骑自行车，大“国防”。

休息时，上个街办个事，我就带着妻子淑珍。

她每次坐车后座上，都不坐实了。她说，坐实了，你带着就更沉了。

我就笑，说你就一只脚站在上面，也是一般沉。你就实实在在地坐。

她不信，下一次，她还照旧。

那时我肺结核，数次住院。她是担心累着我。

○迁来哈尔滨，楼下住萧家，萧家大嫂不上班。

冬天，龙江天黑得早，眼见伸手不见五指，可老萧还未回来。萧大嫂忽然就坐不稳站不安。因为前两天，老萧单位一个青年被打，是不是处理此事呢？会不会处理时再打起来？于是下楼去看。

走到创作之家门前，遇到老萧怀揣着一块热豆腐回来。她问，哎哟，你怎么才回来？老萧一看表：这才四点半，我还回来早了呢。(1986)

五　邻居朋友　父老乡亲

了然于心

森工分局调度长连富，长分头，大鬓角，上牙比下牙突出半圈，这使上嘴唇显得尖尖的。背有些弯，背着手走路。没事的时候，好唱两口京戏《空城计》，“我正在城楼观山景”是保留节目。

令我这调度员惊奇的是，分局生产情况都在他心里装着。每个作业所，每个工组多少人，日产量如何，机械油质状况等，张口就来。

不过我也发觉，每说一遍后，看大家有些惊异，他总有藏不住的沾沾自喜。

（后来知道，我们还是巴彦老乡，他家在县城开帽子铺。用牛毛擀毡帽头儿。用的时候割开，吊四耳皮帽子，就是常说的四喜帽子。

狐皮、貉皮过得不错的人戴，普通农人戴的，狗皮的最多，还有野兔皮的。野兔皮极暖，但很脆，一冬便碎裂，风一吹呼呼达达的，像要飞起来。不过，帽子铺只卖帽头儿，农民买回去，由女人“吊”上皮子。也不只卖帽头儿，还卖毡靴毡袜之类的东西。）（1961）

说　　客

屯子里，有个特殊户。孤单单三间草房。哥仨领帮孩子过日子。不务农，不经商，全靠老三王荣久一个人转。他私官两路全都通。省县有他同学。谁告状请他写个呈子就好使。谁家被胡子绑了，他写个条也中用。

徐家掌柜看麦地，被绑了票。蒙了眼，转悠半天，说到了离家四十里的“鸭子架”（放秧子——人质处）。胡子说话都捏着鼻子，怕他听出真声。告诉他不抽票就割耳朵割鼻子。这掌柜的舍命不舍财。

时间一长胡子跟他唠上家常嗑了。徐就说到与王荣久有交情。不一会儿，他被领到一个地方，胡子叫他趴下不许动。

趴了好半天没动静，他拉开蒙眼一看，原来自己爬在一个黄土坑里，胡子哪还有踪影了？

“王荣久”三个字，就这么好使。（1963）

乔　　八

王振清讲：有个乔八，胡匪出身。

一汉奸欺人太甚，乔八要除了他。

他买了一篮子东西，拿张假名片，前去求见。门岗进去通报，他就跟进去了。当时枪支上了，汉奸不跟他出来，他开枪打死汉奸，从磨坊逃出去了。

还有一回，土匪把八路军区长抓去，他去要。土匪枪上“大狗”都“叫”着（扳开机头），他让五个兄弟头上各顶一颗匣枪子弹，他打五枪，子弹都没了。土匪一看厉害，赶紧把区长放了。(1963)

穷

○旧时，有钱人说某山区县，一半是山榔头，一半是水贼。

土地瘠薄，民风浇薄。

谁家办事坐席，叫“吃干饭”。平时糠菜半年粮。做好饭，先捞出一笊篱，给男的吃。其余人喝粥，叫粥就是了，其实一个米粒跟一个米粒跑。

○过年欠谁人情，送糕点一小包。收礼这家，孩子吃半年。

○老姑爷子来了，做顿高粱米饭。老姑爷回去，盛赞老伴家懂礼数，日子过得不错。

○邻居要生孩子。男人不在家，邻居家老太太也不过去，怕落“包弹”(埋怨，担责任)。

○老糊涂的时候，还可以记得几十年前有位客人的孩子，吃饭时没有把荷叶饼揭开，狼吞虎咽，浪费一张饼。

○问个道儿，别想有人会告诉你。

跟北大荒人，可不一样了。真是一方水土养一方人。

(1977)

当地力耕

○“两垧地，想当出去。马掌柜，当不当?”

“那得问问多少钱。”

“三十块一垧，三年，两年带抽的。”

马思忖半晌：“行。”

那人恐怕黄了：“拿钱。”

“那自然。”六十块绵羊票（伪币）数过去。

○马父去看了地，一片黄蒿，回来骂道：“想便宜，就一个便宜，还让王华买去了（民间有王华买父的故事），想发财，发棺材吧!”

马只是说：“爹，你捡粪吧。”

又花六十元，雇牛具。地化透了，垄沟耠一遍，垄台又耠一遍，黄蒿压到土里。父子拉着木磙压土块，手持木棍敲土块。

马粪浇水，和稀泥，抹一个园包，罩上，发酵熟透，打碎晾干。一锄杆距离，两埯，埯两籽。抓上把儿粪，用脚一拢。两垧地种四天。

○苗出来，人家的，水灵灵；他家的，黄又瘦。

其父心里还不落底：“捡个套子，套自己脚上了?”马说个顺口溜，有两句是“养儿要看养不养老，种地要看有没有收成”。铲了头遍，到了二遍，人家的苞米比他家的高了一霍霍（张开拇指食指的距离）。屯邻们背后说：这不是当上了地，是上了当。

○天可下子阴了，连着两天豪雨。再一看庄稼，嗬，色黑，叶肥，秆壮，精神头那叫一个足，赶快封垄。又攒（刨坑种上）

上小豆。

苞米气吹似的长。比别人的高出一头，像堵墙。拔缭儿（出雄蕊），别人的才拔完节儿。蹿缨儿，别人的才拔缭儿。结棒子，别人的才蹿缨。

〇到秋，五个棒子一升粮。每垧交五斗出荷（伪粮税），剩四十石。套种的小豆，收八石。

〇第二年，黄蒿烂了有劲了，肥力上来，种谷子。谷子长一人高，插了墒（交叉在一起，茂盛），到秋进不去人儿。谷草卖到哈尔滨。第三年种火苞米（早熟），六十天还家。到哈尔滨卖青苞米。

逃荒来的，就这么撑下来，还盖了三间房。（1978）

达观的人

五十多岁的大个子，右上槽牙掉了三四颗，又常笑。在哈尔滨当成衣学徒，1945 年参军。一般要求，腰上挂四颗手榴弹，他挂八颗。打仗猛往前跑，入党，由排长到营长。但“不愿开会”，1954 年回家当裁缝。“文革”中腿勤，当联络员。后被反省，挨打。

他出来落实政策，他骂打他的人：“你他妈的也不够揍，打你老子也能下得了手?”到人家脑袋上撸一把，就此完事。谁找他打证言，他才不打呢。（1979）

张大勺子

某站，上来一位大个子瘦老头。说自己坐火车，常当旅客代表。能调节空气，逗得上海娃子哈哈笑，苹果呀（林区稀缺）、大凤凰啊（名牌），一个劲往上捅。

这位前任旅客代表说：这回，我上南岔喝酒。要跟老伴离婚。这老扛（挺厉害的老年妇女），总挑刺儿。关门声，八家子都震耳朵。扫地你好好扫啊，就拿个破笤帚可劲撅，爆土扬长，呛得人咳嗽。

于是有人劝说：这么大岁数了，离啥呀？前任旅客代表说：不离也行。重办结婚手续。我们那时候都不登记，没仪式。到死并不了骨。得告诉孩子们不参加（婚礼）。

他转换话题，对列车员说：跟你们乘警说，就说有个晨明的张大勺子驾到。(1979)

申请雨衣

木匠，向领导申请一件雨衣。是前几年用过，返回来的旧雨衣。

领导说：在屋里干活儿，要什么雨衣？

某日雨。单位要修大车。木匠说：把车赶进来吧。

谁叫他出去修，他也不听。

一把手拍他一下肩膀，他眼一瞪：你他妈怎么打人？

平时，谁稍接近他的木案子，他怕顺手牵羊顺他的工具，就说，动动，要干活了。(1979)

着头不着尾

老崔是我老伴儿的老乡。现又在远离家乡的一个单位工作。

老伴儿请假在家。老崔见到她说：你要上班，就接我的班吧（保管员）。老伴儿摸不着头脑，领导有新安排？

又说：你们家门前，盖俱乐部了。

家前边是消防队，没见盖什么俱乐部啊？

崔又说：我从北十字街，走到北门外炼人炉……

这座山城，哪有北门啊？

忽然灵光一闪，老伴明白了。老乡说的是他们家乡延寿，几十年前的场景了。（1980）

快乐厨师

省文联大院，是苏联原领事馆。院内树木有七十多种，一片林木中几幢洋房。空气清新，环境幽雅，令人愉悦。

最快乐的，要数后楼地下室食堂的宋师傅。五十二岁，山东人。胖胖的，厚嘴唇，大嘴叉。笑口常开。

“老门市头儿，旧闸板儿。别看街里涨，咱这儿不涨。烙饼，来多少钱的？”

粥锅开了，开大了“要跑”。他一转身看见了：“好小子，你往哪跑！”

平时对就餐者的称呼是“哥哟”“孩子”。

还有几句口头禅，一着急就说：“呀呀呼！”

十九岁就做这个活儿，那还是在伪满。后来去了铁路。子女接班，他只好让地方。来这里是当临时工。（1981）

邻里邻居

山边公路南，汤旺河大坝西，林业小城东北角上，我挂职的单位建起两栋二层小楼，每栋四户。挂职单位照顾我写作，议妥将原住公房交出，换租小楼一户。这是我一生中，最为惬意的栖息之处了。想起来常常感念这个单位领导与朋友厚谊。

二楼，与山、与河相邻。居天籁中，入夜幽静，林涛流水，伴人入梦。

一位邻居，是位林业工程师吧。看他上下班总是笑呵呵的。会过日子，有一点便宜事，动手很快。比如公家不要的锯末子等，很快拉回来。挺润心的田园生活啊。

不过也有一点点不和谐音。家家有园圃，我们两家园圃间插条为篱。篱条缝隙，常有瓦砾碎石跳荡到我这边来。跟随的还有一些碎片杂物。儿子挖地，出力最多，一次又一次往出挑，气得脸红涨，但也总还是捡到土篮内倒掉完事。我对儿子说，人家是五六十年代大学生，不会“以邻为壑”吧。可能以为我是挂职，住了新房，心里不平衡。咱们要更自觉一些才是。

邻居不到三年，相安无事。(1982)

“看透”的副作用

什么全“看透”的人，像冷下来的取暖锅炉。热力、活力毫不留恋，干干净净，离她而去。

从小有小聪明，曾事事争先。没大挫折，也没大作为。现在除了实惠，还能让她眼睛发亮，谁发财了让她妒意一闪，别的都不起作用了。

是什么让她产生“抗药性”了？(1984)

回　家

在铁路局门前，几位唠嗑。一位连连打喷嚏，说：“感冒，难受，回家。”

回家感冒虽不会好，但感觉上会轻松，休息也放松。

家是个窝儿，金窝银窝不如自己的狗窝儿。是遮风避雨之处。连动物躲在巢穴中也有安全感。

桃山林业局的国旅 302 房间，门旁放一双拖鞋。泡塑，白绿相间大理石纹理。同我家的一样，一看就想起家来。嗨，看来我这人本应没大出息。(1984)

话赶话

淑珍上渡船，跳板长而窄。

长头发趟绒衣服，大背头大墨镜，胖子。抢先上了跳板。

我担心跟在后边跳板颤起来，走不稳，便对淑珍说：“他坨大，先走，咱不急。”大墨镜不高兴：“那么大岁数，说话难听。”

李兄接口说道：就我相中她了。全哈尔滨都相中你，你也得老！(1984)

顺风车

司机见道上有一行动不便的中年妇女。便停车，让她坐进舵楼。妇女说要到林业局招待所。到门前就要下车。司机说送就送

到地方，开进院子房门口。女人挺感动，说你这人心眼好。我是某某（新任书记）爱人，有事找我。(1984)

满 仓 金

满仓金，很早以前的大豆品种。乡亲们看得如同命根子一样。现在被后浪推下去了。但在我心目中，它还活着。

光线很暗，屋角的秫秸囤子里，从秋收到播种前，它始终金黄如刚刚出荚。阴天，它就是农家屋里的太阳。也是下一年的希望。

叶子油油的绿。微风一来，紫色小花从叶子中探出头来张望，有些吃惊的样子。

很密，一片地挤满了，好像连雨点也落不进去。绿色，也是由浅到深的。待到绿得发黑的时候，里面有蝈蝈了。跟麦地亚麻地或谷地里的不一样，浅绿翠绿，身短粗，叫声只是嚓嚓嚓，没有其他地里的叫得脆响，随风传到农家院里，让小男孩儿兴奋得坐立不安。

我们只是悄悄撩开豆叶看看，并不捕捉它。在别的地里或野外，没见过，它只在黄豆地里生存。

收割前，它给你“知会”。风一吹，千千万万豆荚一起摇起铃铛来，好像争着抢着说话儿，要求入仓。

八月节后，一场轻霜，割豆子。扎手。即便父兄们能当砂纸用的大手，也要戴上硬猪皮手套。说是手套，其实是指套，巴掌扎不着，不用套。

我们下学回来，路过哪个同学家豆地，一时兴起，要烧毛豆。孤烟升起，发出香味，急用地头上护地的苏子捂上，一个个吃得像成气候的黄皮子，嘴巴都是黑的，喘气都清香。

大豆与我们生活息息相关。苦春头子没菜吃，黄豆芽小豆腐家家饭桌离不了。小豆腐，就是豆子泡了磨了，放上葱花或葱胡子（根），不放油炒熟，煳香。扛半袋子，到油坊换豆油，有时还给块豆饼。冬天喝碗热得胃肠发烫的豆浆，浑身觉得热乎一天。一进腊月，家家准备年嚼谷，冻豆腐少不了。装在缸里，黄澄澄亮晶晶，看着就喜庆，有年味儿。至于取暖做饭，也离不开。秋天搂豆叶，拔豆根儿，打场后有豆秸、豆萖子。火硬，灶里搂出红火，忙放于黄泥火盆，加上玻璃窗太阳一照，屋里一天暖暖的。

满仓金远去了。记忆中，却更加亲切。（1985）

初涉市场

○他看别人发财，觉得自己正派肯干，真诚待人，不比人差，怎么就不能下海？

真下了，一切按过去传统道德去做人做事，一年数次上当，几乎债台如山。落水狗般，从捞金之海中爬上岸来。（1984）

○卖烧鸡的拉住一个人：先尝后买，刚出锅，不抹颜色，一色来亨鸡，有营养又好吃。大的小的？被拉的人不好意思，也就买了。

我买裤子嫌贵，走了。女摊主追出来，神秘地说，算你十三块，别跟别人说！盛情难却，买了吧。

○所有的货物，在卖家嘴里都是最好的。在小市场上想听实话，难。大市场上，不知难与不难。

〇要秤杆。让你看着都是高高的。我就想，这一天得撅出多少去，他不是赔啦？

酒段子

〇哥俩在朋友处，喝过酒。只弟弟一辆自行车，回家时弟弟驮哥哥。

上了大路，弟弟问：哥，坐好了吗？哥答道：坐好了。

先到哥哥家，弟弟回头一看，哥怎么不见了？原路找回去，哥在大道上。原来哥哥没坐后座上，坐道上了。

〇某连队，请一木匠。天天供酒。木工师傅说：你们这酒，没味儿。

这一天营长来了，知道这情况，陪着木工喝了三瓶。还没够，营长让人到自家取来泡的药酒。师傅说：“我服了，在县里，人家叫我酒坛子，今天没想到，碰上酒缸了。”

〇某人夜出喝酒，很久未归。老婆让孩子出门看看，男人正在外边正步走。老婆一声大喝，他才清醒。

〇四个酒友夜里喝透了，一阵风将一人帽子刮掉。几个人瞎摸寻找，他自己说找到了。

到亮地方一看，他把大勺扣到头上了。

到了门口躺那儿就睡。两个同事守在那儿。

一醒来，问：“你们看我干什么？”同事答道：“怕领导凉着。”他说：“我这还热着呢。”（1985）

也算镀金

林业局小街上，一家理发馆的女老板，生意渐渐淡了。

原因是人们，特别是妇女，都愿意到市里去理发。

回来得意地向街道姐妹说，市里做的，你看咋样？容光焕发，仰脸、拨棱头、甩发。同伴连声赞叹。

女老板离开两个月。回来带来省会哈尔滨发式照片挂在门外，屋内重新装修，自己也烫了一个哈尔滨流行式样的头发，言语之间，不经意似的流露出师傅如何了得，培训班如何出名。

于是生意顿时推不开门。

不久有姐妹传言说，她好像没上什么培训班，只是看看走走，亲戚结婚，在那儿住了一些天。但多数还愿意到她这来做头发，因为可以说这是省城样式。说说也好，同样有骄人之处。难道为此谁还能专门考察去？（1985）

邂　逅

卧铺上层，下来个四方大脸、浓眉大眼、脸色黑红的大汉。同一位送老母去哈尔滨手术白内障的人，两人唠嗑，知其姓于。

老于拿出烧鸡，瓷瓶酒，明显地虚让一让。这人虽然“眼气”，却也自尊，客气谢绝。大汉甩开腮帮子大嚼，吹着瓶扬起脖大喝，旁若无人。自说开了个贸易货站。过去几十年混不好，现在每天吃个烧鸡算个啥？

不一会儿过来一个书记。老于一变说大话口气为讽刺。

书记拿出茶来，他说：“嗬，龙井，小叶的，一过，闻着就香。”

书记说：“别扯这个‘里眼扔’（扯淡）！”

等书记过去，老于咬牙切齿地说：“里眼扔，我恨不得宰了他，最坏！”

此人过去在一个部门，好像什么行为受到过书记限制吧。

老于话锋又一转，又逗着说，“混个生活罢了。人家让咱们发，你不发，可就怨你自个儿了。”（1985）

没准主意

光复那年，老佟十六岁。住双城县农村，祖上是清晚期从北京草帽子胡同“下放”的八旗闲散人员。

这一天，寡母让他去城里买块布。北炕的邻居李老叔（二十岁），对他说，日本子倒台，大伙都去抢日军仓库。买啥布啊，咱俩一块儿去拣点洋落多好。

他说，听说苏联红军放机关枪，打着咋整。李老叔说，那就是吓唬吓唬，不是谁也没伤着吗？没事，走！

他背条空麻袋。五十里地到仓库。先见到卫生纸，一卷卷的挺好，就装了半袋子。又见到牙粉，把卫生纸扔了些，装些牙粉。有小铁炉子，心想冬天屋子冷，烧豆棵挠生个炉子可挺热乎，扔些牙粉，装了铁炉子。又见有一个马护头，像马头骨骼，挺有意思的。于是袋子的东西，包括小炉子都扔了，就装个马护头。看看炉箆子挺小巧可爱，只把它捡了回来。顺手又捡了一点美浓纸（软纸，便于复写）什么的。正好，本屯有一辆抢豆饼的马车，把他们捎回去了。

他家穷得除了人，没喘气的，马护头用不上。总得派点用场吧？他挺能琢磨，就当了雨帽。

从此，一下雨，他就戴上马护头改装的雨帽，在屯子里走来走去。（1985）

但……

喝热粥，香而暖胃，但怕烫着。

大热天，喝口“井拔凉”爽快，但怕冰着。

高声说话，显着“扬棒”，但怕得罪人。

低声说话，显着和气，但怕人瞧不起。

于是说：难做人人难做做人难。本来是一条应该航行的船，只能在江心打转转。

其实，打转转更难，容易翻船。

东北俗话：“二心不定，输个溜净（干净）。”“摸摸犄角也疼，摸摸耳朵也疼（举棋不定）。”

用不着责备这个“但”字。不会不用它吗？（1986）

毕三打工

两姨妹妹的三儿子，在屯里学个木匠，我住林区的最后一年，又到我那里“实习”。个大有力气，一说话就笑，憨厚。

来城里打工，断断续续三四次。

第一次人家欺生，打了一架回去了。

第二次，住工地睡觉就那一块塑料布，遮挡一下风雨。不予开支，或是手戳（名章）集中在人家手里。活一干就是十六个小时。《包身工》里说的，也没有干这么长时间。

第三次，在江边木器厂，当成手木匠。介绍他来这里的年轻同伴，还和厂主沾亲，二拇指被带锯拉去一截，养伤不给开支。

他们没听说过“工伤”这个词。以为受伤是自己的事，忍着，认命，说：“那你找谁去？也不是人家割的。”（1988）

学　友

一同事的侄子，农技中专毕业，分到某县。

与学友一同去黑龙江里游泳，溺亡。其友会水，而他不会。

这学友始终自责内疚，为什么不照顾好他，为什么没有救他上来！他对死者父母说，我就是你们的儿子。

后与亡友之妹结婚。虽是姑爷，比儿子也不差什么，就是不愿称呼爹妈。媳妇知道，那是为了不让老人想起儿子来。

有一天终于叫了。叫出个泪流满面来。

在本县曾任组织部长，一家甚和睦。（1992）

陌生电话

老伴儿用呼机，呼女儿。告诉她，去学校接外孙女，千万别晚了。

不一会儿，来电话，是位陌生男士，说错呼到他的号码。一看接孩子误不得，就赶快给回个电话。我忙说感谢，从心往外一阵温馨。

（十几年后的今天，还是那台座机，却连续接到诈骗电话。

倒没什么怕的，只是不胜其扰，考虑是否撤机了。）（1999）

喝损酒

有个地主，那叫俭省。就是一口小酒扔不下。

一不喝，馋得没着没落，满地转磨磨。老婆说别舍不得，少喝就是了。

空口喝酒哪行，得有菜不是？他也是，菜是顿顿酒少不下的。什么菜？一个咸鸭蛋。一顿一个？那不得倾家荡产哪？

咸鸭蛋吊在墙上，喝酒时，摘下来，用席篾子（高粱秸的皮，破成韭菜宽，编炕席用）挑一点儿，咂个味儿。马上再吊起来。

一个咸鸭蛋，喝一个月酒儿。（1999）

想起老邻居

说不上为什么，总想念家住伊春林区时的老邻居。

老妈故去时（1974 年），右邻唐大叔，帮着穿装老衣服。大冬天墓坑浅，前趟房路边李家，小长春他爸，给拉到墓地一汽车毛渣石。老伴单位的李元龙大哥，跳到墓坑里，在棺木四角垫了四个馒头，我当时悲痛欲绝，也没求他，还不知这到底有何说道，想必对驾鹤西去的老妈有利。那是西南山坡得鹿沟墓地，都是杨桦木林子。北邻马大哥，在一棵大桦树上，缠了旧电线，以便辨认。

后来，在林科院家属小楼住了三年。临搬家时，楼下的邢大哥夫妇，请我全家去他家吃饭，说是餐具都装车了，在楼下吃口热乎饭。

心里真觉得亲，什么时候想起来，心里都热乎。（2010）

一句老话

常看闲书，每见讲到穷奢极欲实例，不免叹息，顺手记下一些。

西晋何丞相，牛马蹄角饰以金银，日食万钱尚觉无以下箸。

南朝萧昭业，将各种宝器击碎，以听其响声为乐，未几政变被杀。

太平公主，贵的标准：奴不上千不为贵。

严嵩父子，溺器是着衣女偶。

宋徽宗时，朱缅家植数千牡丹。覆盖彩锦之幕。黄金制成花名牌子。那时候名贵牡丹，可值银子啦。白居易有诗说：一丛深色花，十户中人赋。彩锦更为昂贵。韦应物诗写歌女舞衣：裁此百日功，唯将一朝舞，舞罢复裁新，岂思劳者苦。一件舞衣用料丈余，其费百工。

黄金之贵，自古皆然。清嘉庆间有个石作瑞，生常一掷千金，死后无钱殓葬。

清末盐商竞奢，钓竿一杆，费三千银圆。

听说，如今有宴席，一桌万元的。不久，纪录升为十六万元。去年，乘车路过某地，绿地上疏疏朗朗，有十几栋别墅。人谓其价五百万，不敢相信。不久看报，一位女歌星，购买豪宅，花三千万，说是在圈内算是比较好的。又不久见一报道，有人在沿海某地，购一座豪宅，价格超亿元。至于何人所购，报纸闪烁其词，神神秘秘。

秦始皇的阿房宫，早成一片焦土，造价难计。蒋介石在庐山的美庐也不知价值几何。如按每平方米平均造价比较，不知哪一处可拔头筹？

曾国藩，最恐惧的是子侄骄奢。他曾说过，“位不期骄，禄不期侈。凡贵家之子弟其矜骄流于不自觉，凡富家之子弟，其奢侈流于不自觉，势为之也。欲求家运绵长，子弟无傲慢之容，房室无暴殄之物，则庶几矣。”这是咸丰十一年（1861）中秋第二夜二更，他在庆安舟中，写给弟弟及子侄的。

有一句老话，成由勤俭败由奢。听着有点逆耳是不是？逆不逆的，它不计较。它已经流传千百年，还要流传下去，主意笃定着呢。（2011）

一人向隅

王老太太，交不起包烧费电费，都两年了。

你不交钱，人家就掐电，市场经济，没的可说。电视没法看，电饭锅闲起来当摆设吧。

最不好过的，一到黑天，你往各家窗口看，一片灯光雪亮，就她老太这儿，一片漆黑。你说她心愁不愁，心酸不酸？

过去还讲究“一人向隅，举座不安”。一家“向隅”了，一社区能安吗？应该安吗？

何伟，区里的女党员，不安了，难过了，找到物业，总算帮助解决了。（2012）

党员孩子们

五保户，独居，李淑芝，六十九岁，双目失明。

听到外边的鞭炮声，孩子们的欢笑声，心里想的却不是自己的孤苦。想谁？想常来家帮助买菜洗衣跑腿办事的孩子们，今天可别来了，跟自己个儿家人好好过个团圆年吧。

想归想，外边脚步声响起来了。哎哟，这不是武彦华吗！

她忙去开门，说彦华呀，不跟家好好过年，又跑来了，天还贼冷的。

武彦华说，大娘，你咋知道是我呢？

大娘说，眼看不见，心还看不见？

又有脚步声传来。武彦华说，那你看看，又是谁来了？

大娘侧侧耳：考不住我，张丽娟呗！

大娘的党员孩子们，如同往年春节一样，从家里你带馅儿，我带面的，给大娘包起饺子来。

笑语声喧，又从这平时悄无声息的门里传出去。（2012）

义　工

村旁有公路，与乡路交叉，因此有个红绿灯。

反正没有摄像头，又荒郊野外的，只要看准了，红灯也拦不住车，哧溜过去了。

老吴成立个夕阳红党群交通协管队。一共有十位老同志参加。日夜值班，指挥车辆交通。不管刮风下雨，数九三伏，跟交警一样，行使指挥权力。虽然吃苦不少，可也挺自豪的。这里从此再无大小事故发生。

再说，交通法规知识行话术语，也知道不少。年轻人这方面，想在自己跟前逞强啥的，也难了。

还有呢，过去到城里去，看那些大车小车，挺神气呼呼地开，自己横过个马路，都胆突突的。现在，就是奥迪宝马凯迪拉克，该停你也得停。不过凯迪拉克没大过来过，都结婚用，出租的。(2012)

送　终

独居老人悄然故去。

穿装老衣服，入殓，抬棺材，火化。都是韩波她们社区几个女人，外加一位民警张罗的。老人很胖，路高高低低，民警有时得跪下来。

不知道的，还以为，这都是逝者的儿女呢。(2012)

爱心书包

靠墙两排货架。

衣服粮油日用品都是捐赠来的，再捐赠出去。

最下一格角落，有只双肩书包，是一女孩儿捐赠的。她家境困难，几至辍学，得到社区呵护，才在今年考上大学了。

我拿起这书包仔细看，原是荷花色吧，已脱色成淡粉，边角背带磨白了，“飞边”了。

十二年背在稚嫩柔弱的肩上，雨雪风霜，窗前灯下。几多难题，几多泪水，当然也有几多得意，几多欢欣。从红领巾飘扬在前胸，蹦蹦跳跳走路，到大学校园里步履矫健90后。这书包形影不离呀。

又捐出来，是爱的传递，美好希望的寄托。

将来谁背着它呢？希望她别忘这位学姐，别忘社区阿姨。(2012)

森林与树

我在林区工作过，有个现象给人启迪：一片林子长得好，每棵树就都好。林子一看海海漫漫，涌动的绿云一样，气势非凡。到里头，才知那树木也是棵顶棵都是上乘，笔直粗壮，坚韧挺拔。扶着树干仰头一望，那叫高，那叫绿，那叫精神，气度非凡。

一片林子好，在于阳光雨露充沛，在于“立地条件”难得。

每棵树好，因为生活在这片子林子里，棵棵竞相向上，力争灿烂阳光，因而长得就高，棵棵深扎根子，力争水分和营养，生得就粗壮。(2012)

扶　弱

父子两人生活。老人八十五岁脑血栓后遗症。儿子五十三岁，从小肢体残疾，胳膊弯曲，腿站不起来，身高不足一米五。移动全靠挪凳子爬。低保。

老人能做饭。但老人有病了，爷俩就靠楼里党群温馨小组帮助。

二月下旬，社区书记段志华，接到电话，急三火四地说：万顺又发疯了，吵吵着要放火。

段志华赶到时，万顺爬到楼前，号哭着说没人管他。拿凳子将窗子玻璃打碎。往大道上爬。原因是他妹子，要把老人接到市里去，不要他了。

赶忙买吃的，换玻璃。

温馨小组几个人轮班照顾。残联的也来了人。老龄办也来人。

万顺棉裤全是湿的，拉尿解裤子不方便，不湿咋的？他自己穿一回衣服得四十分钟。家里味儿不得了。

换裤子，晾被子，打扫卫生。

后来，还换上了地板，为的是他爬着方便。区残联 6 月份给办的无偿服务。社区十多次去服务和维修。

万顺看着人就问："段书记怎么没来？"

段书记去，他要大米。买了二十斤一袋的，他要五十斤的。段书记说，下次来再买，那么沉我拿不动。

万顺要求，做件四个兜的衣服，上兜装钱，下兜装烟，它不是方便嘛。党员侯家明捐二百元，帮万顺做了衣服。

段志华帮他穿上了新衣服，他很高兴，要照张相。

这儿老户多。都说社区党支部照顾他，比他妈都强。（2012）

一句记十年

与老妻谈公司街晚市。

老妻问："原来那个市场管理所长，还在不在那儿了？"

"就是羊毛头发，四十来岁，个不高，话不多的那位？"

"可不。"

她说的"原来"，至少十年前。是她跑早市晚市的全盛期。其后，发现了骨性关节炎，下七楼难，接着举步维艰，就由我接任。老伴仍操厨房旧业。我当着朋友们面，自称在家当"狗腿子"，主要就指上早晚市场。

我说："这一二年没大见他。"

老伴说："一次所长见我拎东西太多，曾说：'帮你送送吧。'"

市场一向人流汹涌，不认不识，城管能对陌生老妇人说一句暖和话，平常话，竟让人十年不忘。(2013)

温　馨

○晚市，一车胡萝卜，人们争着买。叶子需一个个扭下来。扭一个，掷于堆上，围着的主妇们的手就飞快地抢一个。

看摊儿女人告诉扭叶子的男人说：给老头儿扭几个。男人就往我这里扔。

○刚买的胡萝卜，挺沉，放在地上，买花肥。买过了，摊上的女人帮我拎起袋子，递在我手上。

○地铁1号线刚运营。站里人不多，一位中年女性笑着问我：老爷子，这也是溜达溜达？我说，不，去开药。多大年纪啦？我说不到八十。这时才看见，是她与另一个女人，领着一位老人等着坐地铁。啊，这是带着老人家体验地铁。我下车时，瞥一眼那位老大哥，正怡然自得在座位上体验，他两个中年孩子，拉着把手站在他面前。

一出地铁，感到天空格外蓝。（2013）

六　家国情怀　求索奋争

筚路蓝缕

〇深山里三棵小树树梢绑在一起，苫上草，叫搭戗子，也叫牤牛顶，“门口”拢堆火，就是个住处。天冷，十月地就冻几寸深。晚上起来三四回烤火。

〇小米子里，有一半是谷壳子。黄豆一泡炒盐豆，风趣地叫没腿大虾米。熬豆汤，是改善生活。有人舀汤有技巧：上面一扫光，下面扫堂腿，撇油捞豆，硬头货一转眼，都进了他的碗。

〇干活“虎口”常震裂，或受了一点斧锯伤，止血办法，棉花烧成灰，兑上挫成面子的水獭骨头。还有八股牛草药、树甲（松树内嫩皮），撒到伤口上，一包就完事。

〇后来有了大夫。又少器械。有个外号车大肚子的大夫，就用伐木的弯把子锯消毒截骨头。救命要紧。

〇后来还有一位谭大夫，本是女的，妇产科。也打上裹腿，上山去巡诊。晚上，拉个帘，就睡工棚子里。工人们尊敬她，咬牙放屁说骚嗑的没了。（1959）

分　量

528 林场营林段，造林不愿要女的。有的男工说，量分量，咱也比她们重，不用说干活了。来了一个女工刘玉芬，刨穴一天落男的几十个，男工扛五根杨木小杆，她扛七根。来得最早，走得最晚。山上休息时，给大家补兜子。上山人得到的馒头，她给家里老人孩子带回去，自己吃带来的煎饼。下山时除拿自己的衣服工具，还扛种子。

段长问男工："还称不称分量啦？"（1959）

本　色

强渡大渡河，有十八勇士。建国前后闻名全国，妇孺老幼，心怀崇敬。

其中袁天礼，转业后任双子河林业局党委书记。伤病重了，住疗养院。大小便一定下三楼（病室内无卫生间），不用便盆不麻烦护士。

国家照顾运来海鲜等稀缺食品。他说："超过我的伙食标准，我不能吃。"

配一个通讯员他拒绝，党委决定他才留下。

始终笑容可掬，愉快开朗。病友，特别那些居功自傲的小官们，再也不摆资格摆架子、趾高气扬了。全院患者精神为之一变。（1959）

伐木名人

董师傅三件宝。

弯把子锯，富士牌；另一把锯条窄，僧帽牌；锃光瓦亮玻璃斧子（斧背薄，斧身宽，故称），鹰牌。

出工不慌不忙，伐木不紧不慢。拉一锯是一锯。锯锯抽出一层厚锯末子，不是细末，而是沙粒般的小块儿。

那锯拉得嗡嗡直响。遇到硬杂木，就换窄锯。别人使他的锯，干拉不走道，反而拉得慢了。

他出活儿，比别人伐得多，但也收工早。他从长白山，一直伐到小兴安岭。(1962)

真话讲与听

生产队地头上堆了粪。这地趟子长，中间却都堆的是雪。

来了检查备耕的工作组。队长要讲，副队长说，大爷，拉倒吧，别闹个灰秃噜的。

其实工作组是区上的，目的是全区土地都“全粪满肥”。

真话有敢说的，却有不敢听的。(1962)

梁 木 匠

○梁师傅说：长木匠短铁匠。我就不信，为啥要费二遍事？还预备一堆楔子，你不会把它做得可丁可卯？

○他专做硬活：扣铁车、花轱辘车、耧耙、犁杖、马圈。不排船，讨厌钉子活。他说，我是木匠，不叫钉子匠。他瞧不起钉子木匠、大眼子木匠。

○他扣的铁车，枣木轴，走起来动静好听。足斗五十六斤的黄豆，拉二十石，六套马，几十里，不兴它哪个卯响一声。

花轱辘车，他打四块瓦。十二根辐条，都从秀气的“葫芦”上向外放射着。着力点准，不损坏。上车轮瓦，要功夫。在木头头子火里，圆圈铁瓦烧红，用钳子大锤箍到木轮上。立刻冷却。就是整个葫芦磨出圆眼子来，铁瓦还跟长上一样。

他打的车，老远过来，人就认识。

犁杖，从托把到犁头，一条线。

○犁上，最难做的是什么？“狗头”。做尖了，安上铧子松。钝了，安不上。铧尖挑一点，犁地浅；压一点，犁地太深。每次他都坐在犁辕上，抽着烟，仔细端详做“狗头”的料。看着看着，烟袋一揣，拿起锛子前脚踩料，后脚丁字步，啪啪几锛子。你就安铧子，使去吧，没错。

○成立初级社，他给社里做一马圈。马圈立在那儿了，却谁也看不出门来。可是管牲口的知道：在某处一点，开了。（1962）

爱　锯

老伐木人爱锯，有如勇士爱刀。石大爷是伐树的，干不动了，转去打梓子队。一把谁也不要的破锯，他弹了一下，说是有酥音。珍惜地拿去伐好，用起来咬木头，走道，嗡嗡的，响得也好听。（1962）

褥单脏了好

干部下工棚，铺的白褥单。工人一坐，一个黑屁股印子。工人觉得不大好意思，不再随便坐了。他不在意也不换，工人就随便些。他的书，工人随便拿。看过被揉皱弄黑，这干部，先是不愿意，后来才明白，这是工人接近他，不把他当外人。（1963）

透　汗

烧炉子老头说：劳动的人，一觉得身上不得劲，你就使劲干活，出一身透汗，就舒服了。（1964）

契　机

有人一讲就是真话。有人真假参半。有人很难讲真话。有人什么话都不愿讲。

但一旦遇有契机，一触即发，扳机一扣，心底的真话，就弹丸般飞出。（1964）

眼　力

几个人，见从山里下来一列装木材的森林小火车。火车经过好几个林场。大家猜，这趟车，是哪个林场来的。

有说前进林场，有说先锋林场。

独一人说，是育苗林场，果然。

他是业务局长，熟悉几百个林班的树种材种。（1964）

你会我也能会

一农村青年，见养蜂的人尽往家里拿蜂蜜，说还不听，队里想换人还找不到。他自告奋勇，不到一年学会了。

村中秧歌队里，有个会吹喇叭的，动不动就“拿对人”（拿把，以撂挑子威胁），他就悄悄学。拿苇裤儿插到水碗里学换气，腮酸眼花脑袋麻。有一回，那人在演出时摔耙子，他一句话不说，拿过喇叭就开吹。（1964）

习惯环境

一位海员，爱好写作。机器隆隆，浪打在船板上轰然如雷。一有空闲，他就抓紧写。一到陆地上想写却写不了，觉得心里少点什么。

我呢，一出了山，也是。（1965）

张 天 翼

我来的那一天，收发员刘大爷，是领我从右边游廊，去的三进院。右跨院一座青砖小二楼前，在藤椅上坐着一个人。上下深蓝呢制服，一顶同样质料的制帽。

只见侧面，很瘦。戴一副眼镜，端坐在那儿，看一本有插图的杂志，似乎是《萌芽》。我和刘大爷边走边说话，他也没抬抬眼。到食堂里，从开着的门中，可以看见那个人。管客房的张大姐告诉我，“那就是张天翼同志”。回来时从张天翼住房里，跑出了一个十来岁的女孩儿，很俊俏伶俐。张天翼仍看书。我走过去，又回头望，他正抬起头看朝阳。眼镜反射出两点光来。他慢慢站起，回屋去了。

后来我们几个与会者去见他。他膝盖上摊着一些报刊。原来是在看我们这些业余作者的作品，内心里很感动。（1965）

经　验

老代理船长，不识ABC，看不得海图。甚至连中国字也认得不多。船长是代理的，只有去考，才可去掉代理二字。不是不考，是考几次都不过关。

最后这次，他向考官说，你就拿海图问我就得了。

果然，船所经过处，深浅都知道。考官说，可惜有一处不对。考官指出那个地方。

他说，考官，海图错了。后来一查，果如其言。（1965）

泥味奥妙

一位失明的老船工，尝泥，便知海的深浅、方位。一青年不服气，偷着拿了河泥让他尝。他说，怎么还没出海吗，这泥还是河里的臭泥呢。（1965）

“土不压脸就行”

老头儿觉得要不行了。嘱咐儿子给准备个料子（棺材）。

儿子是当林业局长的，很快就拉回来，让老人看。

老人一看，嫌木头太好了。就激动得不行，说：咱们家，几辈子都是秫秸簿子（帘子）卷着入的土。我土不压脸就行了，不能浪费国家木材。

到底让换了一口小棺材，还得是杨木（相对差）的。（1970）

有 鼻 子

苏北常年不见雪。传说东北林区太冷，不少人鼻子都冻掉了。

一个参军到东北的人探亲回家，孩子们好奇，都来看。

看过了，跑出大门就告诉小朋友：“哎，有鼻子！”（1970）

老班长的烟袋

打仗的时候，没有烟。好抽烟的战士，就围上有烟袋的老班长。你抽一口，我抽一口。老班长找到一张报纸，卷了一根挺长的烟。大家画上记号，谁抽过界，就抢。嬉闹声一片。（1978）

韩　　丁

○美国农民，来北大荒传授经验。五十九岁，身体好。每顿必吃大葱蘸大酱。喜欢面条，面糊卤。青苞米大饼子吃得挺香。一吃饺子就高兴。

○他讲解，群众围着看。有维持秩序的劝人走开。他说："你国民党作风!"就穿汗衫，劳动布工装。

早起跑百米，走百米。讲机器，每个部位都讲到。将除草剂，每一种都说清。讲完就考试。

○他的农场种一千七百亩。一半是租的。强调秸秆还田。他看了咱一分场九队缓坡梯田，高兴地说，像我家乡一样。

他说老母八十八了，自己孩子在她那儿，培养到高中。

○他学的是畜牧。他妹子学原子物理，因反对原子弹，只从事教学。

○经历堪称丰富。

讨饭到西海岸，身上只有四美元。挑大拇指坐顺风车。上过加拿大商船。到过日本。当过《东方纽约时报》记者。

通过中国东北到苏联，在莫斯科一个餐馆打过工，还到过德国。

美国征兵，他不干，被抓进劳改营。联合国救济署保他出来。

随救济署人员来过中国。1929 年美国大萧条，失业，都失业，父亲姐夫也在内。看《西行漫记》，1942 年招兵帮着抗侵略的，他没检查上，觉得惋惜。1947 年救济总署救济烟台五万吨物资，还有拖拉机，他来了。在晋东南参加土改。在重庆找到过周总理。对我们的花轱辘车，他主张用宽轮。1948 年我们缴了国民党一些拖拉机，有福特牌，还有安力士。不会开呀，他给讲了三个月的课。在河北办农训班。讲课用汉语。到过邯郸、武汉。后来苏联拖拉机到了，下不了火车，他帮着研究。写过《铁牛》《反省》《转折点》等书。北京解放，他和一位中国同志说，我们是土包子，咱们一块进城。爱人是黑人。打电话回去问苞米怎么样。四个孩子，大姑娘在中国北大，结婚，农场送给两条被面。

〇看电影，他不去，说，我来中国不是玩的，是工作的。地里泥泞，在水沟子里洗脚。遇到拖拉机坏到路上田里，不管泥水，躺那儿就修。

〇听他课的学生，名字他全记住了。毕业发证，还赠送笔记本圆珠笔（当时是稀罕物，都误称原子笔）。时间观念强。鸡毛蒜皮不扯，一说种地越说越有劲儿。来中国，父亲、姐夫嘱咐他，要和中国人一个样儿。

〇他和周总理有过五次谈话。

〇他坦率，说中国山水很漂亮。一到住人的地方就糟了。德国人门窗年年刷。露土的地方栽上草。说咱们这有草年年拔。见草就拔。

〇他说："黑人牙膏，我认为不妥，写信提意见，后改名。"我们用收割机改装收甜菜，他说中国人聪明。一种磁喷灌喷口，他赞赏。一次回美国，背回去一大堆，说宣传宣传，让他们来订货。

〇他还说，你们别当鸵鸟，脑袋插到地里不动，自己还说先进。

〇住处两个开关，电灯、电扇。一次冬天，要开电灯却误开了电扇。朋友们都哈哈大笑。

他真切希望中国很快赶上去。（1978）

献

罗海荣，四川人，哈军工学生。坚决要求上山下乡，来雁窝岛。油料需人推两只小船运进来，罗海荣在后边，油桶散了，他不见了。那天是1958年8月16号。

其爱人曾昭芳，怀孕三个月，回老家，生遗孤罗进，场里寄抚养费，其母教养长大。罗进1975年提出要来，务农一辈子。开四百人大会欢迎。罗进得到“老铁军”（最早开荒的转业军人）呵护，成了驾驶员。

父一辈子一辈呀！（1978）

路在脚前

曹在伪满“国高”（相当于中学）念书，很用功。晚上读书，怕影响宿舍同学，抠空个角瓜，里面坐根“磕头了”（小蜡烛），熬了个近视眼。

他二十三四岁在边境某地委工作。更边远的某县领导闹独立，不听省委地委的指令，另搞一套，违法乱纪。地委派他去解决，当县委书记。

坐马爬犁，走八天。到了一看，就是个大屯子。连个饭馆也没有。要做一套干部服（与中山装相似，也叫吊兜服），全县无一人能做。总算找到一位，还做了个一只袖子朝前，一只袖子朝后。肩窄背肥，没法穿，以后劳动时当作业服。

对县大队，一了解他们有些问题。请示省委，把大队改组了，才放下心来。又年年发大水。几经治理才把这个县建设得有个模样儿。

那时上省里开会，夏天可由黑龙江入松花江，冬天则十分困难。请鄂伦春族老乡当向导带路，拉山过去。后来的公路，就是在这个基础上建设的。(1978)

脸发青脸发红

他一贯反对一切走后门，一提起谁走后门，脸就发青。特别反对安排子女走后门。他对子女说，一切按政策办。

一年两年。他咬牙扛着。别人都安排了，他反而被看成另类、老脑筋。再拖下去，子女就得给自己的子女安排了。

下了为子女牺牲的决心，怀着人格分裂，心绞痛般的痛苦，说了一句话，立刻就有人给安排了，而且很好。

从此，再听到谁谁走后门，脸发红了，他只好低下头颅。(1978)

豪气老农

〇邻家媳妇来借镐。

老头儿问："还借啥？"

"锄头也行。"

老头儿把镐和锄都拿来，戳在墙根，说："有。就是不借给你。你对婆婆不好，邻居们谁都看不下眼去。"

〇割小麦，东家雇了个打头的，招待酒肉。这打头的，也真是把手，活儿干净利落，刀下生风，地皮拽得呼呼直冒土。头一天就把卖工夫的二十多人，甩出老远，都累得喘不上气儿来，拽着猫尾巴上炕。

那时老头儿年轻，下了狠茬子。第二天开镰，就落下打头的两个（捆）麦子。在前边，有意把打头的应割的麦子踩倒，麦个子放在他的趟子上。割到一半，大家镰刀钝了。老头儿却换上早就埋伏在那儿的新磨的镰刀，唰唰唰，其快如履平地。打头的汗流如洗，被远远甩到后边。

第二天，打头的卷铺盖，灰溜溜地走了。

○给地主扛活。平场院。

先赶着犁杖，耥了一道浅沟。少爷说，这么浅？

他把大犁放深，挥鞭驱动四匹马。马匹拉成一张弓，揭起硬土大如磨盘。再加深犁杖，嘎巴一声，犁杖断了。

他问，这回够不够深？

地主出来赔不是，说他不明白，别生气。招待喝酒。喝完，要工钱。工钱到手，桌上酒盅、筷子往地上一划拉，说，不侍候你们了！

○一辈子就穿一双大布袜子，还是三十来岁才第一回穿。穿一趟，回来脱下，吊到墙板上。

儿子们热天穿袜子都得小心些。他会问：你那脚，有啥毛病，老是包着裹着的？

○河里救出一个落水男孩儿。控好了，救活了，放下走了。那孩子的爹，是地主。

○到别人家喝酒，也是在家喝的那个量。再给倒，起身就走。

○从来不骂媳妇们。不管对不对，只要两口子闹意见，他就拿儿子“砸伐子”（做法子）。

○儿子是小学教员。校长，是老头儿的渔友。这一天老头儿背着手儿闲走。听到平时也好整鱼的两个人闲谈。说昨儿个，须笼里的鱼丢了。准是某校长拿去了。

不巧校长来串门儿。家里人都担心老头儿往鱼上说，就尽力往别处扯。

校长从炕里拉过烟笸箩，卷烟点着。

老头儿说，好抽吗？这可是我种的，一块多一斤。

校长说，明个儿，把我种的给你拿点来尝尝。

老头儿说，我说你那么大个老师，也不像话呀，昨个你为啥把人家须笼里的鱼拿走了？

校长说，我昨儿个没去河边呀，再说，都好钓鱼，我哪能呢？

○老头儿经过调查，弄明白校长冤枉。这就又生气了。找到背后议论的那两人，说他们俩埋汰好人。人家说，我们俩也没跟你说。老头儿说，跟谁说也不行。家里人把老头儿硬拉回去。

○第二天把曲蛇（蚯蚓）挖好，去钓鱼。说是钓到大的请校长来喝酒，赔礼道歉。（1978）

听诊汽车

世谦伪满时在汽车修理厂学徒。很苦。能用上碱洗手洗脸，得过年的时候。对汽车发出的响声入了迷。原因是，汽车不同毛病，开起来有不同响声。听懂响声，就能找到毛病。

日本老板看他听得发呆，暴打他一顿。

骑自行车也琢磨，走神撞到窗户里去。

解放了，师兄弟都有理想，他的理想，就要听响治汽车毛病。风声雨声中，也练着听。

马路上过来一辆，他上前拦住：

“别再开了。”

司机惊异：“咋？违规？”

“再开就出事了！”

一查，果有大毛病。司机更为惊异，说他神了。

汽车有毛病，都奔他所在的厂去，其实是奔他去。就像病人都奔好大夫一样。他不保守，总结经验写成一本书，书稿丢失，重写，终于出版。

五十多岁，忽对古筝酷爱，自学几年，就能上地方电台播出。（1978）

别致小镇

泰来镇，建筑有特色。登高一望，很像一只蜻蜓。头是火车站。两道横街是翅膀，竖街是细长的腹部，远一点有一泓水。胸部借势天然高岗儿。站到那脊背上去，能放得开眼界。不仅全镇，连四郊都历历在目。

建筑多为平顶洋房。即令屋子小巧，窗与门，也尽可能轩敞。为的是眼亮。

小学校，规规整整，干干净净。所住招待所，竟然有院套儿。

辽金代泰州遗址离此不远。小镇蒙语“泰来其”。人口不多，干净清爽。

想必格局是先人有意设计，却也要后人爱家爱镇爱生活，才

可达到如此境界。（1979）

天敌

过去有句嗑儿，叫三大难：破房子漏锅，炕上躺个病老婆。市民房子漏雨，找许多次，推诿扯皮无人管。他急了，豁出去了，就千方百计找到市长电话号。硬着头皮，脖子出汗，手抖着打了个电话。

没想到市长竟冒雨登门，局、房管各位领导陪同，屋里都站不下了。自然他最大的问题立刻解决。

优良传统是不正之风的天敌。（1979）

放排

有硬吊子，有软吊子。硬吊子也叫一块玉，四个人操作。软吊子也叫龙摆尾，三人就行了。排上钉着棹。都不咋好使，直晃悠。

也有险。有迎门柱子，有浅滩。搁浅，动弹不了，得拆开重装，那可费事了。浅到老毛子那边，友好时，来船看看。水一涨，就摆手让走。后来关系紧张，排也就没法儿放了。有一年，依西肯的排，就浅到对面，村长社长都出动。一般顺到黑河拢岸。从新街基放下去，1958 年的钱，一趟可挣 1000 元。那时白面 1 角 8 分 5 一斤。食堂卖的漂白暄腾腾二两面大馒头，5 分一个。

这是个山东口音老头儿讲的。我问他受了灾没有，他说：

没，冻死迎风站！他好提光荣历史：1958 年涨水，指挥部六个人，现就我（还在）了。(1979)

大哥精神

母亲身体不好。有三弟一妹，生活困难。他十六岁去学照相，当佣工做饭。后又学开汽车。开了一辈子车，从未伤过一只鸡一只鸭，没犯过章程。

父母弟妹、妻子、六个孩子，一大家子十三口人，有一段就他一个劳动力有收入。但他腰板挺直，总是高高兴兴，从不犯愁。回到家，立刻洗手进厨房。一家子主心骨回来了，带回高兴情绪，一家子都高兴。

弟弟妹妹，他帮助找了工作，张罗成家。叔伯弟弟，帮助找了工作。

叔伯妹妹生了淋巴腺结核，领着到偏远山区去找偏方。后来叔叔家生了变故，又让这妹妹来住在家里。这妹妹突然又阑尾炎穿孔引起腹膜炎，半夜里去医院，楼上楼下的背。后来，他这叔伯妹妹成了我的妻子。

特认亲，有亲情。到他家探亲，常常拿出旧照相簿，一一指出这一张是哪个弟弟妹妹小时候的。说时眼神里那种爱，让人感动。

一切风雨得挡在家门外，弟妹需要，立刻可以把心掏给你。

这是大哥精神。

有位女同事。照顾了三四个弟弟妹妹，一生是个老大姑娘。

曾几次构思要写写，但一直未写。我等于是欠他们的。(1980)

执　着

认定了一样思想，执着于一个主义。世事变化，都认为这是大错，这青年仍然坚持，经历种种痛苦，还是虽九死而不悔；受一种思潮的害，几十年，凡是好事轮不上。一旦这思潮退出主流，他却要讲个义气，说一个人不能说两样话。(1980)

护　根

苗圃技术员，为设计一种不伤根的犁，彻夜不眠。要退休的老工人，深翻了土，大汗淋漓。

他们不是松柏。他们却是用一生呵护松柏之根的人。(1980)

老房子

一个门斗，连着两边各五间青砖大瓦房。看来当年这样建筑在当地，鹤立鸡群。和服务员唠起来，才知道是英国人收海关税的地儿。

只知上海等大口岸，有英国人代收关税。这么边远的地方，都设了关卡，令人一惊，汗毛孔都开了，列强吸中国人的血，吸管都深入到边远乡村了。

伪满是日本人的消费组合。

现在是公社招待所，这房子，可谓三朝元老。

旧中国有“四大硬”之说，叫“海关税，陆军队，中国银行

商务会”。硬者，势力大，惹不起。海关税居其首，中国之痛！（1980）

憨厚老兵

一位姓萧的老延安，1952年转业时，仍然是战士，连个班长也没当过。那时困难，有时战士们吃得都不是很饱。

他在延安看萝卜地，萝卜长得好。他一口不吃。战士们都喜欢去摸摸萝卜，却谁也不拔。

行军他捡个铜板，连忙交给连长。

没见过铁路，刚见到时纳闷，这可怎么走车呢？

转业到伊春，分到乌敏河林业局。离伊春十五里。他看天要黑了，就请示：

“我明天去行不行？”

人家说：“不行。”

连夜背着行李，顺着铁道线走去了。

乌敏河管人事的马万良同情他，问道：

“有文化吗？”

他说：“没，哪有呢。”

“在部队是哪级干部？”

“反正是干部，谁知道是哪级。”

马万良分他到一个仓库。他跟工人在雨天一块儿扛棉花包，干得挺高兴。

马让他到卫生科当科长。一个当过伪营林署长的现任局长，派一个当过伪警察的去当科长，把他挤走了。

马万良说：

“一个署长，一个警长，配合不错，把老八路撵走了！”

马又把他送回卫生科去。(1981)

逃　　生

一早一晚生篝火，用干枝，免得冒更多的烟。

野猪在上风头稍放些心，闻不到自己气味。闻到，它会吹一声，警惕地扬起楔形的头。软而大的野兽脚掌，踩砂石也有响声，但它还是害怕人。

采榛子累了，躺在满是落叶的林间。开始温软，渐觉潮湿。

听到一点沙沙声，他立即不动。轻转头，见移动的脚，高腰翻缝的皮鞋，打着裹腿，是戴战斗帽的日本人。又搜查了！一个活口也不想留。

从“满洲”各地，抓来一千名年轻劳工，打一个神秘山洞。

只能看见谷上一线蓝天，再就是日本看守。除了橡子面、霉高粱米，没有别的粮食；除了麻袋片、更生布，便没有别的衣服。一年二年三年，人数八百六百三百，成百地往下减。

要完工了，四天不给吃的。第五天突然拿来白面馒头，每人八个，宣布吃不完收回。他们看着人撑死的痛苦，来取乐。

他装死混在二百多人的尸体里，夜里从脏水沟、铁丝网、电网爬出。

打猎的老人把他藏在地窖里，躲过搜查。

老猎人给他一把镰刀。他霍霍地磨。盼着下次再看到“战斗帽”！(1981)

我干不了

张副市长，在一个大厂当书记时，不让吉普来接，抢在来车前上班。

在一个林业局当书记，家里一时来的人多，无坐处，他让客人（多是部下）坐着，他站着说话。管理员送两个方凳子去。

转到市里当副市长管房产。先向领导们说：你们批的条子比房子多，我干不了。(1982)

窝边草

〇救树从何救起？先救人心：克制贪欲。

〇祖先不砍树，没法活，也就没我们。我们再砍树，子孙没法活，也就没有子孙。

〇别人在偷伐抢伐，转瞬间暴富，残败森林中的最后的树却没了。他就拼死守这片林子，穷死不动一棵树，人说他死脑筋，我说他有佛心，心里装的是大千世界。

〇砍光森林发大水，城市成泽国。气候变暖，黄石公园也燃烧。

兔子不吃窝边草，人却砍光屋前一片林。

鸟儿留一枝给后代当巢，人留给后代一片发水滚泥石流的荒山。

恩格斯警告：掠夺大自然，会遭大自然的报复。

一些人却掠夺归己，把报复留给下一代。

○一场烈焰满山的大火，是一个十七岁的孩子，使用割带机作业，不慎导致的。他被判刑。多数人心安理得。

但有人为他辩护。过伐林区，土壤湿度降低，形成星火燎原的条件。是他造成的吗？真正的罪人是谁？我们自己敢说无责任？

○清末关东城，棒打獐子瓢舀鱼，野鸡飞到饭锅里。人参貂皮鹿茸角。难民流过来了。平原吃得差不多，又流到林子里去吃林子。

更早些，俄国人把紫貂黑貂叫黑色金子，就穷追不舍。叶尼塞河流域，貂捕得不留孑遗，就追到大兴安岭。他们的脚步到哪里，哪里的貂就草丛中不见身影，深林里白雪中不见踪迹，灭绝，是语言中最令人绝望的一个词。

人不是蝗虫啊！

○人的悲剧在于欲望如癌细胞一般，条件一适合，它就失去控制。导致与大自然的对立。

人欲望冲突，你死我活。面对共同灾难，可能一致行动。灾难度过，冲突再起。如日与夜的轮回。

他和你天涯远隔，毫不相干。他会给你带来灾难不幸。人和人都有紧密联系，神秘关系。

○一位林场书记对妻子说，山火烧进来，谁跑都不许你跑。你是书记老婆，你一跑，全林场那还不乱套？她没跑，烧死了。(1982)

空运队的难处

“小火不知道，大火吓一跳，扑火没有道。”1977 年烧了四千公顷。

连续几场森林大火，领导烧疼了，1978 年才出血成立这个队。

上头三家指挥，文齐武不齐，一次打火队伍“拉不上手”，教导员受处分。

干的受追查，看的没责任。风力灭火机才八台，靠硬拼。防火的东西，如电棒，平时没有，到着火才给。

他视森林为生命，想要拼命干，却到处掣肘。有“报国无门”之慨。

扑灭小火不给奖。不是要打早打小嘛？

火着在岭顶上分界处，两家都不给钱，推诿，都说火起对方。

教导员家里和营地相距十几公里，家务老婆一人担。儿子一看直升机过去，就说：“爸爸又走啦。”（1982）

苦干建厂

取消车间与段这两级，刨花板厂领导都上一线。

下雨，胶靴粘黄泥，一只十几斤重。穿雨衣干活碍手碍脚，干脆脱了。

能看懂图纸的才三四个。工资员也调到现场。

高空作业，身子拴到钢梁上，焊机吊在脖子上。

王师傅焊个大油罐，出了名。这回他又切开油罐，做成个临时水塔。

材料员家盖房子。队长领全队弟兄两点半起来，帮着干。不

盖房的也感动，帮人干活的也感动。工作时，能不冲锋在前？(1982)

合唱队员

热爱合唱。他认为合唱的美，那是森林，那是海。

台上受到狂热般欢迎鼓掌，还有泪与鲜花。

下了台，观众谁也不认识他。

他不无自豪地提起自己的合唱队。观众说，那位领唱谁谁，唱得不错。

他终生练功不辍，为了合唱，为了合唱队。(1983)

茅台摔碎了

春节，照顾一线，林业局分给林场一瓶宝贵的茅台。经慎重研究，决定分给机修组。

酒仙儿佟大脑袋，急忙拿钱去买，得意扬扬。恰遇林业局书记，便豪气大发，说：书记，一瓶，就一瓶，林场给我们了。大喜事，书记你得同我们一块喝。

佟大脑袋买来，用棉大衣裹在怀里。到组里，高兴得一敞怀，嘭，掉水泥地上，摔了！大伙安慰他，说闻着味就行了。

书记真来了。佟大脑袋挺尴尬，说：你看这事整的。(1983)

按政策办

在有名通讯社管过后勤，行政十八级。转到林业，当科长。

当科员的老婆先在托儿所，后去挖下水道。他两句常用的话，第一是听组织的，第二是按政策办。

四十六岁，让他提前退休。他说，“听组织的”。(1983)

都是为了工作

这是东北最后开发的原始森林。

电力不够，书记指令超负荷发电。电工拒绝。本地电台报道，书记找电台要求更正，说这一切都是为了工作。有人写成内参，领导批示整风。原来书记局长不太和，这回局长却支持书记。

书记没咋的，局长撤职。

因是最后原始林，营林总局提出一定要划出一片种子林，给未来的荒山留点种儿。但遭到强烈反对。一位营林工程师，挺身而出，到林业部告状。几经曲折，种儿终于留下。

这片原始林何幸，免了斧锯之灾，仍然可以松涛阵阵，溪流淙淙，狍鹿安食，雀鸟啭鸣。

那位工程师受到后人敬重。(1983)

接待科长

个高，微胖，挺胸脯。白净，丰满，小嘴，大眼，鼻子端正。说话热情办事爽快。送往迎来，一安排，包你满意。

全国著名作家艺术家，凡来龙江的，他大多接待过。谁谁来时，怎样接待的，尽管过去十几几十年，还都清楚记得，如数家珍。回忆时滔滔不绝，兴奋得脸色更加红润。很以此自豪。

还有自豪的事，是掌管着大厅和招待所，总务，所以有一大串钥匙。挺腰往那儿一站，有气魄。不知道的人还以为，这个住在洋房花园两进大院里的团体，他是主席呢。

作家入住招待所写作，一进屋稿纸、红蓝墨水、钢笔、台灯，一应俱全。

科长先就知道这些作家的级别。所以，厅、处、科待遇等差明显。

有的作家心理不平衡，台灯少一个灯罩，就找他去理论。他说制度规定，级别不一样。

敢做计划，敢花钱。花钱常超计划。

也有不愿干的时候。但只要领导一半句好话，或一点表扬，口说不干，实际还是干。(1984)

真情说真话

一位省委副部长，陕北学生，延安干部。

"文革"一些人斗争他"招降纳叛"，他说："某某是冤案。"一个嘴巴打过去，他一滑。因地板太光。

某某冤，他早有察觉。单位是先上报，后搞的专案。蒙冤后两口子住地下室，过年冷冷清清，他曾让人搀扶着（高度近视），到黑洞洞的地下室去探望。

1964 年某某被下放。老部长去当地看望下放干部，特意去看这两口子。

老部长还领他们两夫妇，带着孩子，到风光好的珠村去玩。

走草地，他在前边用棍子轰蛇。那时谁敢接近这两口子？

一位全国著名的评论家的妻子，“文革”中自杀。老部长对外调人说：“他们是我调来的。我要不调他们，也许不会出死人的事。”（1984）

啥叫亲

郑大娘跟丁红军说：“你比我亲儿子还亲。”丁红军是部队学雷锋标兵。

郑大娘跟我说：“有病了，给我洗脸梳头，端水喂饭。过年时饺子给我端上来，我就哭。红军说：‘我是你儿子，你哭啥！’我病好了，包好了饺子，等他回来。有一回孩子上沈阳军区学习，我上火。实在太想了，我就呜呜地哭。红军要走了，还嘱咐战友，要照顾好老妈妈。”

“啥叫亲？心亲人才亲。情亲人才亲。成破利害抛在外的亲，才是真亲啊。”（1984）

英雄不气短

开发森林，荆棘丛中蹚开路，暴雪封山扎下营。使过大肚子锯、弯把子锯、油锯。什么锯都创高产。

伤过手伤过脚伤过腰，再一再二再三血沃青山。你说“跟大木头摔跤难免”。

一山光了又一山光了，祖国需要木材，决不让它断线。

入山君发青，如今似霜雪。

什么台都上过，光荣台，主席台，观礼台。而今落得难堪，需要检讨，为环境恶化道歉，难下台。

于是，耄耋栽树，“我砍的，我还”。(1985)

中国大匠

○王经波，山东平县人，万里的同乡。特级架子工。身不壮，臂不粗，开会一介绍到他那儿，他脸就红。特级，全行业中也找不出几位来，就他。

这工种不仅绑架子，更重要的是起重、吊装。三十年工作，军工、钢铁、水泥、电机、发电、纺织、化肥、乙烯等十五座厂子，他都参与建设。其中包括三大军工三大动力，这些“共和国长子”。革新一百四十七，攻克三十六项吊装关键。

○普通的卷扬机，在他手里变成一个巨型万能机器人。三十吨、二十九米高大柱子，用四套滑轮，立起来了。立在河边用来捞大块浮冰。顶三百个劳力。

○起重作业地逼仄，“支点”他能选到楼顶上去。

○大烟囱外围绑脚手架，叫“满堂红”，毫无空间。他能在里头绑架子，避免木枋搭井字，要避免断木浪费，他制作伸缩套管架子，支点在刚起来的烟囱壁上，就像两只脚，倒着从烟囱里面爬上去。

○起楼呢？也行。造了一台楼面吊。站在一楼吊二楼的，二楼成了楼面，吊自己把自己绞到二层，再吊三楼的。创新，修改了一句成语：船高水涨！

○塔盘大电机发烧发红，吐口唾沫嘶嘶响，电工着慌。他轻轻校正一下机轴，好了。

○团圆年很少在家过。妻送他说：打我跟了你，有几回在家过初五的？走吧，家里有我，别惦着。

○他说：“一根杆子绑不成架子。”一口锅里吃饭，几百米高空几平方米平台上一同干活，同伴是亲兄弟。半夜起来给老哥们轰蚊子。年轻的，到新地方施工，归队迟，他一直等在大门口。帐篷漏雨他掏水，大家被子湿了他去晾。

有些年越出名的劳模，越受讽刺打击。王静波一如既往受敬重。(1986)

盖房与住房

林区有实力的，这几年自己建设大房子。

老工人们被派去干这个活儿。踏踏实实，工程质量很好，受到房主夸赞。他们很满足。

房主大屋富丽堂皇，大狗与刚下的崽子，专有一屋。

盖房子的呢，三代人挤在一间半要塌了的草房里。那是第一批照顾劳模，林区刚开发时分配的。一提起，他自豪感仍然油然而生。(1986)

森林大火

我参加林业工作几十年，未遇大兴安岭森林火灾这样的大火。中央关注，军委关注，全国老百姓悬心。解放军立派四个师与许多飞机。

有位大胡子师长，打完火就造林。

塔河有一家，父亲是看炸药库的，女儿是大夫，还有一个是银行职工。大火卷来，个个坚守岗位，家被大火吞噬。

为保住炸药库，一个团部和周围老百姓全力以赴。

大火很快扑灭。我们，能集中力量办大事，能举全国之力办大事。别人能做到的，我们做到了。别人做不到的，我们能做到。(1987)

较　真

出校门，在工厂把大门。有年轻工人骑车未出示证件，嗖地就进厂区了。不守厂规，是坏人也未可知。追！在校有过长跑训练童子功，二里地追上了。败兴的是这青工有证件。许是有急事，许是故意要考验门卫的较真精神。

这位的衣着，符合性格与环境。颜色非黑即蓝。最让熟悉人惹眼的，是银灰色小三开领上衣，除了节假日难得一穿。身上衣着从未带过一个花骨朵，遑论一朵花。看门成为模范，调到资料室。后又调到宣传部管资料。

她爱人公出，看人家衣着渐渐色彩新鲜起来，样式大胆起来，想要给妻子买一件。又怕她不穿，折中一下，买一套胳膊腿外侧，都有红杠的运动服。她神秘地把一位女同志拉进资料室，不大好意思地问：这衣服我穿，会不会有反映？

她的几位男同事，要看看这个场面，敲门进去。都说这衣服好。她呢，脸通红（常红脸）。如同身上披着一层火，扒又扒不下来，说：他买回来了，咋办？

同事中有位性格诙谐者，故意当她面，大讲跳舞如何快乐潇洒。她进了里屋，还关上门。那位同事在门外高声说，某某，你是装着不愿听，心里比谁都想听。她推门探头说，请问某某同志，荷花为什么出淤泥而不染？

家里只夫妻俩。一日钥匙不见，到处翻，也找不到。只好上班。上班后，她发现两把钥匙都在自己衣兜里。她骑车跑两里路到了党校。她爱人正在大会议室开会。她当众向爱人说，对不起，真对不起。请你谅解，原来两把钥匙都在我兜里。说完走了，满屋子哄堂大笑。(1987)

忧　心

电炉车间，连续两位工友工伤致死。主任先是满眼血丝，进而少言寡语，怔怔忡忡，形容枯槁，见到亡者家人，无言流泪。偏赶上单位轮值，难以入睡，褥子又甚薄。第二天早晨回家，推开家门，便一头扑倒，再未起来。(1987)

自尊自重

大家都叫她老房，是一大钢厂书记的妻子。

采访完书记与家属，她悄悄与本厂的陪同人员说，我不愿牵扯进去，也不要写孩子。更不愿以家属面目出现，说："我也是北航的高才生。"

原来她家与爱人家，是邻居。两小无猜。上大学虽不在一块儿，却鱼雁往来，恋爱了。

毕业时，她要求到部队去。她说：“我愿过严肃有纪律的生活。”

组织上照顾他们的关系，分她到一有名大学教书。后来成家，又调到远离省城的钢厂，进检验室。

一次检验中毒，头痛恶心。住院两月。出院又分到化验铅的小组。要找出 c 线 s 线来。又是慢性中毒。但对男人，对厂领导，却没事一般，从不口出怨言。

在住屋楼下，她先占了一块地儿。但别的邻居又硬给占去了，还把她家的煤，给围到里面。但她不敢跟人家闹意见，怕给男人带来影响。她责备自己：“我没处理好这件事，处理好了，那地也许能分给我一半。”（1987）

师　行

学校栽了一片小树，阻断了一条近便毛道儿。老师号召同学爱护幼林，不要再走这小道儿，不要穿过小树林。

有一天他负着重物，顺着小道，往家里去。到了小树林前，忽然想到走错了。他返回来，绕道回家。他觉得并没什么人看见。

其实，他的两个学生，无意间远远看见了。两个学生不忘此事，自觉遵行师训。（1987）

动　情

○日本老八路。在福冈，义务提供车辆并开车的一位老先生，话极少，井上新一郎。曾是日本飞行员。东北解放后，参加了中国第一所航校的筹办。那时他们到处搜寻零件，组装了一架飞机。让他自豪的是，几架飞机合用一个螺旋桨。

内田元五，也在东北老航校工作。当飞行教官，现任中国空军负责人，著名战斗英雄，好几位是他的学生。

他说你们中国老百姓多穷，吃大楂子粥就行，我就住在他们家里。

穿中山装的干部，真诚认真啊。他参加日中友好协会福冈支部的工作，全是义务。他说，我们是日本老八路。

○一处公园有“日中不再战”高大石碑。那是纯朴的日本底层人民从心底发出的呼喊。

○有岛武郎（1878 年生），北海道前辈作家。大地主出身。把家产全部分给佃农与贫者。他说，土地，跟空气、水一样，都是属于大家所有。

○“北方圈”的前文化课长佐藤先生，皮座椅的椅垫，是熊猫形象。他说，不过意，但温暖还属它了。

○一青年职员，客气地送我们出来，挺郑重的。看我们对他回敬日本礼，他就连续鞠躬。我禁不住揶揄心情，也连续鞠躬。就这么鸡啄米似的，一下一下鞠躬。直到双方都笑出声来才作罢。(这样的揶揄，有失厚道。)

○作家小林金三：我的心在中国，所以让我女儿去中国。

○八卷广老先生，是搞测量的。开一个多小时的车，来札幌看望翻译小苑。还拎着苹果葡萄，谈一个多小时还没谈够。一介绍，就邀请我们吃面。他说喜欢中国饮食。大米粥，稍加一点碱。包东北风味的水饺，冻在冰箱里。他想让女儿去中国。

在雨中互道珍重。肩宽个小的老先生，左右晃着，消失在雨中。(1988)

一言一行一心

女儿为外孙女买回一辆“好孩子”牌童车。离家挺远，又不值得雇车运回。她就当自行车骑着回来。

一老人在路旁看见了，说：“车座子，再提高点!”后来女儿念念不忘，一提到心里就觉暖暖的。

老人漫步在哈工大旁的一条幽静的路上。见路上有枚校徽。缓缓弯腰拾起，拇指擦净，左右张望，找不到失主。

老人把校徽挂在一棵街榆上，缓慢走了。(1990)

最后的润滑

老人性情耿直，忠实肯干。脾气太倔。五十年代入党，六十年代当过劳模。

渐渐社会出现走后门，关系网，“研究研究（烟酒烟酒）”，不浇油不转转，很看不惯，甚至痛恨。因此房子改善、子女安排都困难重重。他自己不走后门不算，哪个孩子办事背着他送礼，他都要痛骂一顿。

病了，入不进院，他泼死泼活拦着儿子，不让走后门。做手术送红包他就不进手术室。

他故去，要火化。儿子们开始想，得按老爷子心愿来，不能走后门，若不，老人不是死不瞑目吗?

但头一炉安排不上，不答对答对，炼出来的骨灰太大。他们终于还是送了红包、好酒。

大儿子总做老爷子痛骂他的梦，说他没骨头，声色俱厉。后来时间长了，才渐渐平复。（1990）

心是第一的

寡母孤子。儿子读书努力，但生活艰难。小学校长毅然相帮。校长女儿也去帮助那寡母。

男孩子考上大学，品学拔尖。但从不吃好菜，有时饿饭。

大学校党委书记女儿看上他了，帮助买书买饭，还背着男孩给他寡母寄过钱。

毕业可留校，但他坚决回乡。党委书记支持，有成人之美的心胸，帮助他家乡当小学教师的女朋友，小学校长的女儿，到本校进修。（1992）

刘酸茶

从前某县有外号刘酸茶者，很会做买卖。

○小米水磨，兑水发酵，状如糊涂粥，自然酸甜，冬夏都受欢迎，北京谓豆汁，这里叫酸茶。一个挑子两只桶，上有箩圈儿做幌子。走街串户吆喝着卖，一分钱一小碗。

○后来开小杂货铺，又开果蜡铺。那时糕点铺也可兼卖洋蜡。名为同裕昌，半条街都是他的买卖。

他很会办小企业，只说一事。做馃品，招学徒进来，别人家都看贼似的看着学徒别偷吃糕点。他家，随便吃，可劲造。他明白，出来学徒都是穷苦农村孩子，放开量吃几天，搡住了，让他吃他都不吃了。

〇他儿子开糖坊，他就用糖渣养猪，利用烟道余热温猪食。

〇外界称呼。开始穷，第一个称呼叫刘四儿，卖酸茶叫刘酸茶，买卖大了叫刘四爷。三种称呼，想来县民出口时语气表情肯定会不一样，画面对照一下，也许有点人情冷暖在不言之中。

〇八路军光复后进入东北。围县城时，因他与守县城的伪铁狮部队有联系，便于从中做说和人，本县和平解放。他成了民主人士，人民代表，上台讲话，受尊重，又改称刘代表。外界背后称呼中，还是以刘酸茶为主。(1993)

姜三皮铺

皮铺也叫皮匠铺，前店后厂。从农村收购牛马骡驴猪羊狗皮，回来后，浸泡在缸，“熟”了，做成各种日用农用的皮件。比如皮鞭子、马夹板、皮绳套、马鞦带。

到入冬，皮靰鞡是大宗，牛皮最好，猪皮最次，穿上是种地户还是扛活的，就有对比了。

牛掌柜发财，有小小妙招儿。就是挑着熟好的皮张，往离不远的哈尔滨送货。伪满时经济统制，私贩皮张，说打你个经济犯很方便。他挑个挑子进卡子，伪警问，挑的什么？他说：“没什么，不信老总摸摸。”伪警一摸，格板上几张伪币。当时军警宪特吃这口儿，叫勒大脖子。钱一揣，放行了。(1993)

最后的玩笑

海广顺，一辈子喜欢开玩笑。在上海看病，肝癌。让手术，他不做。

一会儿一个点子，说："这么的吧，上海的骨灰盒好，买一个我自个儿带回去。"

到了所住林城的火车站，对家属说："这么的吧，你们先捧着骨灰盒下去。"

来接站的党委和厂领导埋怨，说大嫂怎么不告诉家里一声。老伴儿也摸着骨灰盒痛哭。他观察够了，这才下车："哈哈，我在这儿呢！别哭，还得几天儿呢！"

就两口子，家无长物，上班从不锁门儿。（1993）

晴天雨

晴天雨，都很小。这场呢，突然袭击，挺大。大屋面的水溜子，开足马力，到地水花四溅。行人躲两三米远。坡上积水各找出路，一时间如同从地里钻出许多闪亮的蛇。人们为躲雨找个去处。雨搭下，门脸前，摊床大遮阳伞下，都挤着干的湿的半湿的男女老少。摊贩有备者，罩以塑料布，无备者覆以上衣。抱孩子妇女从护栏上跨过，入时女手包顶在头上。

不怕雨的，在马路上挖沟的，似无感觉，反正一身泥，还在乎这点雨？

一位瓜子脸的年轻交警，挺胸昂首不失军警风度。

晴天雨，就因突然，改变了人们节奏，改变了大家行进轨迹，造成许多阴差阳错，风云际遇。

偶然，别小视。(1998)

角 方 儿

找到一只人造革手提小包，皱皱折折落满灰尘。是一二年前老妻上街呀买菜呀随手拎的。

打开拉锁见有不少分币角币，有镍币也有纸币。一分、二分、五分纸币，多横纵叠三折，再相压着折成小方形，合成一角。那时市场上镍币一角几分的零钱过少，折起来角方找零儿。

我想把分币归归类，就一个个拆开捋平。这一拆，发现了一点小问题，怎么一个方里分币不够一角？可能是折者粗心吧。再拆，仍不足，有的竟是四分六分。

一共三十六枚方角子。应是三元六角，竟然只剩一元九角。“利润”够大的。

老妻苦笑，说人可真有小聪明。

老妻本来整理家中什物，打算着收拾得干干净净，迎候新春，也收拾出一个好心情。新春自是翩然而至，但这个小统计，却让心上的明朗空间，飘移着一抹乌云。(1999)

垃圾陷阱

赤橙黄绿青蓝紫，远远看去如流动的彩虹。

只是华丽的垃圾。

我们的生活水准，与这垃圾大体相一致。

单说包装垃圾。树枝上电线上，凡有瓜葛的，就不客气地挂，是挂你没商量。风刮不走的，作为垫装物的泡沫塑料，战罢玉龙三百万一样，散散乱乱。尤其是被扔在江河里的，形成铺天盖地的白潮，不亚于赤潮。到边远地区，铁路两旁被随处抛下的，也并不少见。这些垃圾有些是可以多次使用的，却作为一次性的扔掉。

自称有名或真有些名气的吃穿用行医用品，那包装，有的怕要占标牌上的单价一大块儿。今年月饼上市时，电视专有评论，说调查表明，有数百元一份的，包装费用即占一半以上。古代人把“买椟还珠”当讽刺不识真假人来讲，今天却被一些花钱买“份儿”的主儿给彻底翻了个个儿。

还是在前几年，就听说一个词，叫“附加值”。谁加了，谁减了？意思是在应得的回报外，再多刮一层皮。美其名曰增值，他的值增了，别人的值，可就减了。

周瑜打黄盖的事，愿意“挨打”你有什么办法？也是人的一种脾性。

别叫人抓了冤大头，还让人捂着嘴窃笑。

那些命运只有做垃圾的包装，许多是不可再生原料做成的。

不要敲骨吸髓吃干榨尽空前绝后谋杀地球母亲。（1999）

读《未来启示录》

细读一次，后来粗略翻两三次，每次天头地脚都写些感想：

社会只有实验性硬科学，而没有人文科学支持与呼应，像人失去一条腿。

物质幸福作为奋斗目标无可厚非，如看成唯一的，那可能是只要月亮忽略太阳。

科学需要想象，如同艺术需要逻辑。既然科学要求透过大家已见的东西发现大家所未见，无想象难以超前，这与艺术是相通的，达·芬奇也是科学家。

想象是不是一种直觉，或者直觉是不是一种想象？如果是，科学同样需要它。因为大胆假设也需直觉。

人的思维模式，是靠眼看耳听手摸口尝的材料分析综合、重复思索长期形成的，比较宏观。它与原子运动不相符。所以测不准原理，在原子发现之后才可产生。

如果慢慢这原子运动使人产生新思维并形成模式，人类离认识世界及本身，也为期不远了。

莫斯科大学一位教授说："当人类文明降临于宇宙时，我们就是唯一的。""三百年征服邻近空间"，说一千年内，也就是这个千年的尾声，人类将可完全迁出太阳系。悲壮！

是地球舍弃人类了，还是人类遗弃了他们的生母地球？

这位科学家说，人类的历史就是扩张的历史，停止扩张就意味着死亡，而人道主义是无知的产物。有的科学认为，没有膨胀就不会形成宇宙。

难道因此人类就一定要学宇宙的样子，去无限膨胀欲望吗？

这位科学家说，人道主义在这个问题上的看法是无知的，真正的威胁，不是扩张而是技术的无限性。技术的无限性正是来自扩张需要啊。

人们啊我爱你们，你们可千万别打错主意呀。

既然人的膨胀性得到肯定，却又担心大膨胀之前出现大灾难，担心无限技术潜力与道德的不成熟而毁灭人类。看来，谁放松了人的精神文明建设，就可能至少要负蓄谋损害人类的罪责。

科学是瞄准了一个大的一个小的，抓两头带中间，一头大的是宇宙，一头小的是夸克。

解决一个老问题，必来一个更尖锐的新问题。规律？

一位生物学家十几年前说，地球上最多的生物是树，现在还如此吗？

生命并非事先设定，能因此就否定其存在意义吗？

现在发生的事情，比如说受到污染，可怕的后果会在后几代人身上反映出来，如果降低乃至消失了生育本能，最出类拔萃的物种，岂不要消失！真让杞人们忧心忡忡。

人为什么更喜欢接受吓唬，而不愿接受诚挚的可行的建议呢？

人是一种分子排列组合体，科学家可能这样说；是的，但不仅仅是，艺术家可能这样说。

扩张的原因之一，来自生物能，新学说把区分人与兽的思想理念，悄悄抹去了。

一位美国著名教授说："我们把经济上是否合理作为一切社会决策的标准，这种观点忽视了目前的政策可能给将来所造成的影响，忽视了非经济的观念。"

看来，两手抓，两手都要硬，只有我们才能做得到。（2002）

美的期冀

阳光晌晌，春风煦煦，草木润泽，人间无孤无独。

撰写《淮南子》的俊士们，有一片悲天悯人好心肠。不然，何来如此期冀？（2002）

敬 畏 水

《圣经》里有大洪水的叙述，盼着有挪亚方舟。中国有鲧与禹治水历史，禹彪炳青史。“上善若水”，“逝者如斯夫，不舍昼夜。”有《水经》。水可生人，亦可死人。敬畏水，是敬畏自然，敬畏人生，敬畏圣洁。

玩火者自焚，续貂一句：污水者自毙。（2003）

澎　　湃

大校抬救人担架。少将五次爬进岌岌可危的废墟。八十名将军、司令、政委到村屯。总理在废墟山，捡起一只孩子的鞋，一个沉甸甸的书包，满脸悲怆。为了救灾，全中国、全世界的华侨，悲中有壮的大行动，让世界另眼相看。

汶川地震有灾民，没有难民。失去家园，有祖国屹立。

应该统计，看看我们在救灾中创造了多少人间奇迹和第一。

爱的大潮，在中国澎湃。又一次诠释了五千年何以生生不息。（2008）

重　　币

比较厚实的旧塑料袋，半袋子。袋子上，灰尘加潮湿，黑黢黢挂了“脂子”。一抖动，有些发闷的哗啦声。打开吧，有霉味混杂金属味儿。

是辅币，准确说，大多是角镍币。原来，柴（电、液化气）米油盐酱醋茶，“购物”找零儿，竟是这么多了，日积月累真见成效。

收拾屋子时，委屈它了，压在什物下面。

旧的比新的，多了一番磨砺。灰突突，失却了光泽。结合着一些土、油、手心的汗。风雨城乡。路边市场。大约，上大台面的机会，比旱天的雨点还要少。

泥土滞住的，不少。经过小市场卖菜人的手？泥瓦工人的手？来城市卖香瓜庄稼人的手？

看来，与“草根”生活密切相关。从前，有一句俗话，一个大子儿憋倒英雄汉。大子儿能憋倒的英雄，想来也不是锦衣玉食的主儿。在这样英雄堆里，这些“钢镚”的分量，要比实际重得多。

分币罕见了。但愿角币别步分币后尘。即或势之使然，也要放慢一点脚步才好。

电视正播美国金融风波，美欧日救市拨出数千百亿美元。世界股市止跌暴涨，又暴落。

财富，大海样潮起潮落。

水滴与大海，沙与大山，角币与富可敌国的那些财富，究竟是一种什么关系？经济学研究过吧？社会学研究过吧？那是学者与社会的事。不对吧，没老百姓的事吗？

我还是只顾将桌上六十摞大子儿，装袋，提起。

格外地重，格外地重。（2008）

败 与 胜

一韩国乒乓球运动员，连连败绩十七场。终于第十八场赢了。一赢就赢了个奥运会冠军。

亭长刘邦屡战屡败。垓下一役，竟然大胜霸王项羽。顽强、坚定、信心，都起作用。偶然也绝不可小觑。它是个专门创造意外的大戏剧家。(2008)

灿烂钉锤

家里打制新书架，小木匠有柄锤子，给我的印象颇为奇特：重伤不下火线。

此种锤子，东北俗称掌锤子。像拼音字母 T，只是一竖这锤柄长些，一横的一端向下弯些。一横的头径半寸，有方有圆，我见的这柄是圆的。长二寸半左右，尾扁而弯，中间分岔儿。有精致的木柄，长约一尺二寸。为何叫掌锤子？掌，手的意思，小巧方便。其实应该叫钉锤，尾起旧钉，头钉新钉。大约是有了洋钉之后，才制造了这工具。木匠用来起钉、钉钉，敲敲打打，免得用斧头，沉重不说，还有误伤危险，也是改进。

说小木匠的锤子奇特，一是它崩断了右岔儿，大钉子是不能起了，小钉子照起不误，反更便捷；二是锤头半卷起来，用得太久敲击过力，钢铁也疲劳变形，卷得像朵蘑菇。然敲击并不妨碍。形虽变而锈不生，斑痕累累，可谓惨不忍睹，却仍牢固如初。

我这新书架，就用这旧锤子敲打出来了。看样子，此宝锤尚大有利用价值。

它敲了多少钉子？敲了多少榫卯？做了几多家具？数不清喽。小木匠的掌锤子历尽沧桑啊。

千锤百炼说的是被锻造的物件，又何尝不是说敲击它们的锤子？

将军百战死，壮士十年归。终有一天，它不能再服役了。那也废不了啊，它可以化成铁水，说不定会铸成一只新锤子呢。那新的会很灿烂，其实，这旧的，岂不同样灿烂！

小木匠才二十几，那锤子，一定是他师傅传给他的吧！(2009)

同　志

“同志”这种神圣的情谊，过去可是比刎颈之交还“铁”。比桃园三结义还义，义贯长虹，义薄云天。

受伤躲在山洞里，命悬一线，忽然有人悄声叫一声“同志”，热流会从心中涌出，热泪更会夺眶而流。

互不认识，只要知道是同志，手一握，心中那崇高的“网”就连上了，“灵犀”畅通无阻。

一旦这情谊比纸还薄了，这两个字的意义，就被风刮得一无所有。

我们愿意把自己比成种子，把人民比成土地。假如有谁连同志都不顾，群众的“土地”，还敢接受这样的“种子”吗？“土地”不疑虑长出杂草荒芜自己吗？(2012)

街道书记

在街里，迎面走过来的，都是些老住户，互相热情打招呼。走过以后，还对身旁的人说，这就是马书记，这人儿才好呢。

也有的对一块儿走的人说，挺“魁实”的那个人，就是马书记，那天还到我们家去了。

马书记说，你给老百姓办一点点好事，他能记半年。

马书记说，李兰英党龄跟我年龄一般大，五十七年。她儿子叫张志刚，病死在家，没人抬，李兰英打党员热线，社区常树林主任，是女的，和温馨小组几个人立刻去帮忙。这个张志刚太胖，说有二百八十多斤，几个女同志连拥带扛，总算抬下去了。可是殡仪馆棺材太小，装不进去。后来总算帮助火化了。（2012）

老 党 员

丛本英，是老党员，河北人，父母双亡，跟着两个哥哥当八路时，她才十四岁。20 世纪 50 年代转业来大厂的。

先在厂里管资料，后来转机密室当主任。

她说那时厂子里有一千多党员。提起“大跃进”，也兴奋，至今还肯定那种热情。她说，那时不知道啥叫奖金，可工作起来还那么有劲。像你们现在这样，为大伙办事，热心着呢。

那时候的平房，道不咋好走，秋天分秋菜，用小车送，上岗下坡走土路给同志们送到家。汗出得头发都打绺了。流产，都不休息。

说着说着，老人家问马林忠，你多大了？马林忠一说自己岁

数，她哎哟一声，说跟我儿子同岁。马林忠说，那我就是你儿子。(2012)

回　望

她曾是冰棍厂厂长。

厂址现在成了主要大街，她在街上徜徉。

平房孩子们，有多少是品尝着“平房冰棍”长大的？那稚气天真的“真好吃”，声音犹在耳。

她说，小厂也不是完全生存不了。

她的生活轨迹被改变了。(2012)

点　头

是在开低保户会时，认识了王明宝。她还记得，他也是1957年生人，同龄。动迁中，街道帮助找过房子安置他。

有一天，她听说明宝住院，要自杀，便赶快到医院去看他。

明宝高位截瘫。儿子智障。后结婚的妻子是农村人，也有病。经济上很难支撑。他不吃饭，要绝食。护士说不吃饭就得给你割食道，喂食，医院不能眼看你饿死。

韩波对他说，你看多少部门都来人了？这是党的关爱。大家一定会帮你。你提的要求，你给我三天时间，到时办不到，随你。你是男子汉，得有刚强气概。你得给我点头，你点头！

明宝点头了，说，我实在不能再拖累你们这些好人了。

街道女干部们哭了。(2012)

儿　　子

年老体衰不能劳动。儿子傻，也是什么活儿不能干。何志武每次下去，都到她家坐坐，买些好吃的。老太太的儿子，一见他来就高兴，说“党来了，党来了！”

她家的小泥房子，冬天透风夏天漏雨，实在没法住了。

何志武跟村里支部党员商量。有钱出点钱，有力出全力，又想办法解决一点款项，给她盖了两间小砖房。

何志武有时候去，正赶上她傻儿子不顺心，开口就骂。下次来了，还知道道歉。还说何书记你都六十多了（其实才四十多），咋还不退！何志武该去还去，也不在意。

老太太每次到镇里去，都要到何志武的办公室坐坐，说：志武啊，你比我儿子都强啊。何志武说，你记住我这个共产党的儿子就行了。（2002）

干巴花也是花

老妇女主任张淑琴，受到表彰。大会献给她一束鲜花，带回家去，直至枯萎，还留着。

儿女说，妈，花都干巴了，别留了。

她说：“干巴花也是花，那是党组织给一个普通农村老党员开的证明。”（2012）

党员之妻

刘加权是张家店屯的党员，征地拆迁驻屯工作组，没个落脚、办公、暖和暖和的地方。

刘加权说："到我家吧，就是小点。"

举行拆迁仪式，先拆的是别人家，刘加权觉得哪能那么办呢。

就说："先拆我家，反正早晚都是拆。"

几声机器轰鸣，一片烟尘。三趟房屋，半生血汗，顿时化成残砖碎瓦。

刘加权妻子放声大哭。刘加权也眼含泪水。

党员该做的，就得做，哪怕眼泪难止。擦去就是了。那么妻子呢，他只好安慰。（2012）

七　风雨坎坷　生老病死

两种态度

集体犯了错，红脖子汉，勇于承担，说这事我有责任。

另一种，树叶落下来怕砸破头，脖子一缩忙往后躲。（1957）

无意间伤人

今天我重复工作组刘科长的话，批评光说不做的干部。某人当时蛇一般看了我三四眼，眼光很阴森。这才意识到，自己无意间触碰人家要害。（1957）

傻　事

透视结果不好，块状密影，如再发烧，又来一个空洞。应坚持服雷米封。

为了这么个诊断书，在潮湿的、阴森森的走廊里苦挨了二十多个小时。好像再不该去干这样的傻事情。这个医院去不得！

今天写了篇小说。明天六点三十到十一点，还应该完成一个短篇。(1959)

补　　会

因事未参加职工大会。会后，支书特地到我跟前，介绍她在会上所讲内容。那意思是得买公债，也暗示我，下次开会可不能不出席。(1959)

失　　措

集体宿舍。A 从水房拎两竹皮暖壶开水回来，刚欲开走廊大门，门开了，是 B。B 帮他开着门。A 一怔，慌忙进门道谢，暖壶挂了门框。盖 A 曾是第三者，愧对于 B。(1959)

哄　　笑

台上做报告，反复讲要大家大公无私。当说到党员特别是领导要起楷模作用时，不想台下谁排了一个气，引起一阵哄笑。

原来台上做报告的人，前些天，想尽一切办法，要把自己的分房排号往前提，连分个土豆还尽量挑大的。(1978)

科员指挥科长

科里八个编制，科长副科长七人，只有一个科员。科级干部中，七个不服，八个不忿，都不愿意听对方领导。都一个级别，我为什么听你的？七个科长指挥一个科员，科员就是再长出两只脚来，也跑不过来。

科里的活儿不干，上边领导也不答应。于是好办法在实践中产生了：科员坐镇，指挥科长。科员积极性高，科长们也都心平气和。(1978)

保卫氧气

山城，路灯如萤火，煤烟味呛口鼻。山间盆地，气压过低，又无风，取暖煤烟为环山所阻之故，不断弥漫。那烟，好像从烟囱冒出来，直入口鼻。

不敢呼吸，活人再有特异功能，也不能不呼吸。

猛然怕起来，科学发展了，将来有人把全球氧气都垄断起来，那可就不是广岛、长崎惨祸规模可比了。

想起60年代，到哈尔滨公出，从买卖街往西走。烟雾甚重，落日都变得朦胧浑浊。也是取暖的煤烟吧。我觉得烟就在我肩头以上笼罩。我又不好弯着腰走。当时羡慕孩子和矮子。当晚在烟盒上写了几句话。大意是，城里人，像活在烟囱里。(1979)

变态心理

饥饿的人，一把糠当成珍馐。

由于阻止外来文化，过后一些糟粕当成瑰宝。

极左影响，常了可能成为疯子，当时也有“左疯子”一说。

“左”常了，不“左”就是怪人。

幸福之中，反而感觉不到幸福。

自然形态的石头，变圆滑，水流造成；阿Q，环境造成。(1979)

机马人竞赛

新建两栋小二楼，就是地势低。大家一入住，就急忙垫院子，垫园子。

办公室主任，找单位推土机，招待酒肉。

一位民主人士副院长，把情况反映上去，也垫了。

一位女的是市建的，求来铲抓机，干得更快。

只有科研人员和一位好舞文弄墨的，借手推车。孩子老婆齐上阵。

路人一看热火朝天场面，夸一句：劳动竞赛，机马牛齐上阵啊。

我环顾，无牛马。(1980)

身份转换

国企假退，去私企打工，氛围顿觉一变。

再也“自自豪豪”不起来了。

挂在嘴上的主人翁刚到嘴边憋回去，没有说话的份儿，一切听喝。

父亲老说爷爷给地主扛活的故事，他不愿意听，起身就走。

现在有点感同身受。也许慢慢就习惯了。(1980)

失鹦哥

○老太太养了两只虎皮鹦哥。一个人整天在家，就和这鸟儿唠嗑。鸟儿成了她的伴儿。

○她家住二楼，鸟笼就挂在外边。某日做过晚饭，不知何因觉得心里发闷。半天才想起是鸟儿不叫的缘故。从露台一看，有张旁边工地上的破梯子，搭在那儿，鸟笼儿不见了。

○她抹了半晌眼泪，心头烦闷。终究想起派出所，自己做街道工作时，跟那些孩子处得不错。

“失盗了。”

民警拿笔要记：“都丢啥了？”

“虎皮鹦哥，一对。”

○好几个民警都笑，有个拿出记录本、卷宗说：“您看看，溜门撬锁的有多少？大娘哎，您少给我们找事儿吧。”

“可也是。只是我没了这两只鸟，心里发闷。你们帮我留意点儿，我看远不了。”

○人家还真给她留心了。来告诉她，离你家三个楼口，有一家阳台上新挂出一对鸟儿来。要不，您去看看？

怕人家瞧见，她做贼似的，溜去看。果然是她的。那鸟看见她，叫得格外声高。

○民警说，要好，还是不要好？您寻思好了。要，得费点口舌，不过……老街道干部了，知道那不过二字后边是啥了。把老太太绑在床上，嘴一塞，东西装上汽车就开走的，不是也有吗？

鸟儿如果要回来，整天担心人家来给颜色，再闹出心脏病来，反倒不如不了。

她说，不要了，想听鸟叫，我在阳台上听。

民警表扬大娘明智。(1981)

唯我学

看到有些人什么“大公无私”等论调是假的，揭去画皮，原来是人不为己天诛地灭信奉者。像《红灯记》里鸠山说的那样。还有自己过去认为是不咋的的人，都发财，认为好人却穷受苦。他就自创了一个“唯我学”。他戴着“假面具”找工作，找对象，向父亲要钱买摩托车，似乎一切都得到了。

不满足，要骗荣誉。在林子里，自己放火，要自己扑灭。不想，风大物燥，哪里控制得了？烧了挺大一片林子，锒铛入狱。

私欲控制不住害了他，还是山火控制不住害了他？(1982)

让别人活得更好

外科主任。爱人有病，需要他照顾。一进家手脚不停。正要生炉子，来接他做手术，他对妻说，救人如救火，你等等，一会儿就回来。

他生日，爱人说，早回来，午间我给你做家乡饭。但手术一个接一个，回来已是晚 6 点。

患白血病，发烧 40 度。在路上走两个小时，为的是去手术。

手术前，身体虚弱，担心手抖，先把手腕封闭。

住院期间，抓紧写经验论文，钢笔掉下来，离开他的手术刀，离开了人世。

1951 年参军，1958 年军医大毕业。他说：“我活着，是为别人活得更好。”（1982）

小 关 卡

两人换房子。一切手续都办好了，只差收费员盖个章。

头一回，没在；第二回，办事去了。第三回可算找到了，管章的冷着脸子说：“明天来吧，章没在我这儿。”问他道：“你家在哪住？”他递过个旧信封，抄下来，这才在需要盖章处写个字。过些天遇上，还没盖，他说：“我出差了。”

就这么个小权，就可玩出这么多花样（后来我学了个经济学名词：权力寻租，小权寻小租）。

这就是报上常说的“吃拿卡要”中的卡吧？（1982）

癌 患 记

○彩色 B 超，全院只一台。它是终裁法官。荧屏上钡液清晰在大肠中流。到肝曲部，它迟疑，被阻。人换个位置，依然。妻紧握着我的那手，一下子汗湿了。我想，来事了。

○内二的一个病室，患友眼光异样。一接触尽量避开。谁也不说癌字。判决了，被打入另册。其余人，都与癌擦肩而过，松一口气，松很大一口气。

到晚上，大家好像又不那么轻松。

〇每次查房，或是不查房的时间，都有实习生来，问病情，然后依次在我右肋下摸来按去。

〇妻子求道：“别摸了。”我想，当教具也是贡献，摸吧，孩子们。

〇妻求转外科。大高个的女主任说：“粘得一团糟，拳头大了，早干什么了？”这是个率直的人。可她错怪妻子了。我怕是一查出来，妻子孩子立坠深渊。拖一点儿苦难晚一点儿到来，幸福就延长一点儿。若不是妻催促，我还不知拖到何时呢。

〇给我查出病来的女教授，答应帮我在外科找手术大夫。我疑虑，不是癌，临时按照癌切了你，怎么办？

一起工作的诗人中流老大哥，知我确诊，痛哭失声。他帮助联系了“一把刀儿”。

〇不是到了外科都能手术。要由全面检查有无癌细胞转移来决定。人都是两害相权取其轻。此时所盼是能手术。

躺在 CT 台上，被缓缓推入那个大洞，忽想到像进焚尸炉。

几天的检查，等待结果，煎熬。儿子与朋友女儿丽梅，拿着结果回来。丽梅泪如泉涌，抱住我说，屈叔，能手术了。

〇手术前，文联作协许多同志来探望。大面包车坐不下。主席鲁琪说别都去，看他多心。

妻含泪签字。

剥得精光推入手术室。灯光柔和，安静，鞋大约都是软底的，人们无声从容走来走去。我说重重拜托各位。他们说放心。有人说下巴翘起一些。有温馨气息，我睡了。

一生梦多，这次，只是甜睡，无梦。

朦胧中，有人喊我说：老屈，老屈，都拿出来了。

从淡淡云雾中，逐渐看清，是李广华主任俯着脸看我。

这样静谧，甜丝丝的。妻和一个小我许多的内弟，一边一个拉着我的手。拉着我回来干什么？我为这第一个念头，感到对不起他们姐弟。

○骂人粗话有一句是你算个屁。不知屁有时是有命的信号呢。一家人就盼着我能排气。一说排了，亲人大夫立刻一脸轻松。主刀者李主任忙要了我的碗，从送饭的车上要来小半碗小米米汤，端给我，说慢慢喝。

○我见过霜天半死蜻蜓，太阳一出它活过来。见过一条虫，后半截断了，在秋天的树叶中，它还坚持爬行。我怎么想到这些？

○最忐忑不安的是走入医院那一刻。

最难熬的是等待检查结论。

最痛苦、受苦的是家属。

最担心的是等在手术室外的亲友。

最好喝的是白开水。

最盼的消息是三个字：没事了。

○右下腹引流拔去了。消消毒，用胶带一拘。不到三天，长上了。

我惊异于生命力的顽强。

○单位的面包车接我出院。裹着军大衣有些热了，车窗外阳光很好，有些春天的气息，想到，又能看到春了。

到了家，小白猫贴过来，尾巴竖着一抖一抖的。走时我曾摩挲过它。便连忙又抱起它来摩挲。

我对自己这个窝儿，怎么有陌生感？哦，是妻彻底收拾一遍。

〇宇儿外出到关内，买了几只龟，装到一只塑料桶里。夜里龟咯咯棱棱往出爬，宇儿就踢一下桶，让它们安静。人睡了，终于还有爬出来的，引来一阵小骚动。

〇妻不敢杀龟，咬着牙闭着眼，在洗碗池子里杀，紧张得冒一身热汗。

人不能为死而生，应是为生而死。癌症不要怕，只要及时。感冒也死人，就怕你忽略。（1988 年 10 月 10 日，其实，我手术于 1987 年 1 月 5 日。）

患 友 记

〇王老八十二岁。东北大学读过书，见过校长张学良。

他儿子在本院学习，为老爹截留了院里一支白蛋白。犯了错，老人还埋怨儿子不尽心。

夜里蹒跚去卫生间，里面的灯光映出他的轮廓，极苍凉。

他无奈地说：走一步看一步吧。

〇工大一位副教授，极重的胃病。他上初中的儿子，生得唇红齿白的，文静温和。同学说他像个女的，他就郁结于心。父母都上班了，自缢于家，赤条条地留下字条说，我是男的，不是女的！

〇胡姓青年，聪明，讲解放战争将帅传奇，竟如亲历亲见一般。二胡拉得也可以。但不知为何离婚。

他是内二老患者，喝酒呕血，抢救好了，过年把的又来。护士大夫怎么警告，他都不在意。此次住院原因，是又与酒友出去大喝，说是以八两的量压倒对方。

不喝酒时，自翻眼皮照小镜子看红血球情况。不乐观了，小镜子一摔，仰面朝天床上直挺挺一躺。

〇醉了，教训副教授，我拦了一下，回头说我，你少管，你得了癌还有心管闲事？

一辈子我住院甚多，头一次遇到这么气急败坏的患者。他七十二岁老爹每日送饭，他还挑三拣四，常叱责。一回老爹拿来四十元钱，他挺横说，怎么就拿这么点儿？好像他就是爹。听说，他后来终于不治。“自作孽不可活”。

〇二十几岁的小刁，消瘦苍白。与对象默默地相对流泪。他小肠不断地坏死，手术过一回，又复发。眼睁睁看着没办法。女孩儿一天决然要结婚，还邀请我参加婚礼。

无奈，能让人心碎。

〇外科一位退休副主任，无住处，就住小屋 9 号。安排我进 9 号，他颇不高兴，有时直接驱赶妻说出去出去，一会儿查房了。

他前妻也是癌症离世。后妻正在要离婚赶他出家门。两个女儿不怎么来看他。孤苦。脾气太酸，常与人闹翻。为要杜冷丁，净跟小护士吵。他在楼梯上摔伤过，让人家打过。我手术前几天晚上，让我与他一块喝酒，说：能喝就喝吧，说不上能不能出来（手术室），再喝就喝不着了。

我手术那天夜里，他就是不闭灯，躺着翻书，哗啦哗啦。忍着吧。他用电炉子自做热汤面，满室飘香，让我吃。我手术时帮助照顾秩序。然而很快又冷淡。

〇我手术后吃饭香，妻悄声告诉我，别吃那么香，瞥一眼邻床。

那是省社联一位副秘书长，没听他说过几句话。他什么也不吃。他妻子听见了，也悄声说，嫂子让大哥香香地吃吧，说不定引起我们家的食欲呢。

他常和爱人发脾气。外人看来似不近情理。他妻子对他说：你别这么傻。我知道，你是怕你离开我，我想你想坏了。你这样更让我想。我恨不起来你，杀了我，也恨不起来你……

他没出得了院。给他手术的大夫说，咳，人就是那么回事吧。其妻带两个女儿坚强活下去，后来升任某省局局长。

〇个体，年轻，松花江微型车司机，撞伤。他媳妇，躺在他旁边休息。大夫进来，说：你躺在那儿，病人咋休息？媳妇急忙站起来，脸像块红布。

其实，她昨夜是在病室水泥地上睡的。

〇老钻井工人，浑然不知自己是什么病。讲一些王进喜的事，年轻打狼的事，年轻摔在平台上没死了的事。

其老妻正在为他手术求爷爷告奶奶找血源。

还有一个食堂管理员，妻子一直瞒着他说就是后腔子上有个疙瘩，啥事没有。妻子尿血还来护理他，也不敢告诉他患癌真相。

〇门卫成了香饽饽，因为医院限制陪患人数。

晚上门卫队长到各病房，清理护患数额以外的人，弄得像伪满警察查户口。

进门有票，票也就能走后门。那个小胡认识门卫，弄票儿也就成了交人手段，不时能收到一瓶子酒。

看来不加监督的任何小权，都肯定滋生腐败。

护患的不想低三下四给看门的送礼。办法是与时俱进的，假说送支票。最好使，谁敢拦财神，谁要丢饭碗。开始最灵，后来道高一尺魔高一丈，要看支票。

再就说找院长找主任。

再有就是五大三粗横膀子晃的，愣的怕冲的，冲的怕横的，横的怕不要命的。谁都拣软柿子捏。

还有一招也好使，说门卫中谁谁，是哥们。

有研究怎么跳医院高墙进来的。有的竟摔伤了腿。

医院外边形成热闹小市，买点什么暗里给门卫一塞也行。(1988)

广　　告

车到站前，广播里说住宿服务到车厢。着铁路服的，着大宾馆贝雷帽的，口吐莲花，各讲卖点。响应者寥寥。

接着穿旧军装的胖子进来，以军人招待所、不欺不骗为宣传词。登记的人，顿时排号。

又想到一则广告，是在某名城通衢十字路口，赫然耸立着醒目大广告牌，海鲜酒店的，其词大书特书，曰："只宰海鲜，不宰顾客。"刀光剑影，杀气甚重。这是要说明除了它，店店宰客。令人毛骨悚然。(1995)

八　十指不齐　物有“短板”

虚　荣

〇家里啃窝头，长毛舍不得扔。

下小馆子，有女人在旁，就一要几个菜，说：“吃啊，五六块钱，一个月吃四回够啦，算个啥！”

〇有客来，脏行李蒙以干净被单，桌上放花。糖果、茶，急匆匆买回。

客说：“何必客气。”

主人说：“一向如此。”（1958）

助　教

喜欢唱歌，喉音。羊羔一样颤嗓子，羊（洋）唱法。黄梅戏也这样唱，说“习惯了”。

乒乓球打输了，不放走对手。多咱赢一盘才拉倒。

很愿意给护士长补两天课，给学校领导汇报又说是负担，说

大夫也要补。专业电学，可能小疏忽，一公里忘记是几里。（1958）

做　派

道貌岸然，不苟言笑。挺着脖子，微眯着眼。说话只注意腔调儿。看尾音够不够味儿，却不管那内容有无价值和分量。抽烟、喝水、拿一本书，都有自己的架势。（1959）

“并发症”

马虎常常并发不卫生。马虎王，常把脏衬衣扔床下，一件又一件。想起换衬衣，就在床下脏衣里挑件稍干净的。如是两三次，不厌其烦。（1959）

笑　面

这次住院是“三进宫”，印象深的，是邻床老宋。

胖，肚子已经鼓起来。短粗脖子几道沟儿。像块塞克面包。脸又大又圆。大蒜头鼻子，大眼睛。除了睡觉，从未见他有不面带笑容的时候。

早起给大家打洗脸水，轻得如一团滚动的鹅毛。有点好东西，病室各床均分。

他常背地里叨叨某人的不是，见了面就又是咋好咋好。有一次，他背着大夫去看病历。大夫一来，他装作扫地。（1959）

脸　酸

观棋者为他对手支着儿。输了，他说：“来，你们都算上，真是的，我就不信这个劲儿了。”摆上，几招儿连连不利。别人又说句：“怎么样，还吹？”他啪地就把棋子摔到棋盘上。随之，又把棋盘掀到地上。闹得全屋人脸都木木的。（1959）

弄　姿

林业局所在小镇，居民不多。有时候街上空无一人。

街上无人，或只是几个老人、孩子，这女人走路自然正常。

人一多，内中还偏偏有她嘴上瞧不起、内心挺在意的男青年，走路姿势可就变了。胸挺着，脖梗着，脸仰着，眼下看脚前五步远处。一走出别人视野，又变了回来，也是，不然岂不太累。（1959）

发　言

会上发言者，眼在稿子上，可是第六感官却在首长那里。

如首长春风拂面，或右眉一挑（感兴趣时常有此表情），他便温度计遇热一般，情绪高涨，声音提上几度，添上许多花点儿。（否则，就像泄气皮球。）（1959）

支开徒弟

大工匠都有几手绝活儿。有的绝活，也是一层窗户纸，一捅就破。旧时教会徒弟，饿死师傅。所以有些师傅都留一手。

到了新社会有劳保，一职定终身，多数师傅，有啥本事掏心来教。也还有保守的，到了需用绝招儿的时候，就把徒弟们支开。（1959）

一种垄断

一份材料，单位公有，学习上极有参考价值。

某人私放起来，秘不示人。学习讨论时，他的“观点”比别人新鲜深刻。（1959）

多疑推理

看脸色行事。领导脸不乐，他会想到是不是因为自己，是不是要有不利于自己的事发生。自己哪件事得罪了领导，谁在领导面前说了自己的坏话。

越想越怕，草木皆兵。（1960）

做 笑 脸

一生中头一次当通讯员、招待员，笑脸，点头，陪着省里来

的演员。他们没热情假作热情。我不也是吗？何必！（1960）

凡人不接语

林业局财务科长，胖，走路横晃。他得和地位比他高，至少相同的人交往。连走路打招呼、打扑克、扯淡也如此。甚至抽烟对火也得找身份相等的人。（1962）

无 头 虻

这人挺有热情。但不懂政策方法。还不懂装懂，跑来跑去，张张罗罗。什么事也办不成。

不过还真诚，会感到难为情。

所谓无头虻，是将虻头掐去，它身子会在原地打转。（1962）

小 妒 忌

教导计划漏了一项小学新生训练，我补充上，他脸红而且翻眼。

某刊寄十元稿费给我。收汇款单时他看见了，他脸红，但未翻眼。（1962）

搭　　讪

你吃了吗？今天天气真好！我总没见你玩过球！你没去看画

展？真不错！不带问号，就带叹号。应了歇后语“管老丈母娘叫大嫂——没话逗话”。搭讪两字挺有意思。搭是靠上去，讪是东北话讪不搭的，不好意思。凡搭讪，都是上赶着，不外乎为讨好。(1962)

木匠行雨

木匠被雇修龙宫。

龙们披上龙皮去行雨。木匠请求一起去。

龙说，行啊，只是不许说话，木匠诺诺。适从自家上空过，见妻正晒大酱，不自禁，喊道：“孩子他妈，要下雨啦，快盖酱缸！”

言犹未尽，已坠于地。(1962)

环境与表情

大家都注视，就端起来。眼皮抹搭着，嘴噘着，不看人一眼。一副高傲的样儿。没人时却张大眼睛、张着嘴集中精力看东西，有一种天真本来的美。(1962)

发　现

对一个觉得不错的同志，一旦看出他很可鄙，就会转而讨厌他。如果是男的，更敬爱自己的朋友；如是女的，更爱自己的妻子。(1962)

烦人的也有可爱处

夸夸其谈，嘴角冒白沫，还说个不停，有些让人不耐烦。

他为群众谋一种福利这样，就有可爱处。

拔犟眼子讨厌，可是他坚持自己认为的正确的观点，就有些可爱了。(1962)

骨　头

有一种人，用低声下气，换取企图得到的东西。有一种人，却用坚强的意志与劳动堂堂正正取得。(1962)

见风转舵者

本来主张西，见有权者主张南，脚跟悄悄一转，做出我原来就是主张南的样子。见有权者主张东，他就向后转，巧妙地也主张东。(做出姿态，表明或暗示昨天自己说的话，就好像是别人说的。) 这样的人就可能损害党的利益。

和一位同志谈话，别人进屋来，他就会变一副腔调。(1962)

人骂亦骂者

前些日子，(权威者) 大骂张三，捧李四，他也跟着骂与捧。忽闻权威者转骂李四，他也转骂李四。还会说，一些人过去捧李

四，是如何没有见识没有头脑。（1962）

以己度人

小商店丢钱，管事者疑一女营业员做手脚了。下班，他找人一同将五元钱悄悄丢于地，在外面偷看女营业员扫地。果见她拾起揣了。

他说，这就可证明！

哪知，她到办公室，把五元钱交了。（1962）

讨巧的干部

有的基层领导，本来明知上级给的任务根本就完不成。他不提自己的意见，一本正经地来做。其中许多“花达板带冒锄”（铲地跳动着拉锄头，省自己的劲，糊弄别人）。等上边说，过去做得不对了，他就大发议论，说是领导的错。上边说是精神可嘉，他也议论，以便功归自己。（1963）

夹 诗 人

某在腋下常夹本《诗刊》。像卖煎饼的，在门前挂个罗圈儿拴几根红布条的幌子一样。表明我是个诗人、爱诗的人，是个雅人。

仔细看会发现，从年头到年尾，总是那一本。（1963）

高　手

都说老人棋下得好。轻易不与人过招儿。何时听观棋的人说“完了完了”，才说道：“怎么能完呢?”接过手，三招两式，转危为安，继而，转败为胜。

有位棋家，常言无胜我者。听者不平，找来位中学生。一战，中学生不敌。棋家自喜，说孩子尚需学学。生曰，改日再请教。数日后棋家与生相会，竟日无一局胜，始终汗流浃背。昔者，生因备考而心不在焉也。(1964)

相错了亲

○有个采购员，生活不算宽裕，外出常自带食品。但很重视行头。做了一套毛料服装，穿起来像个领导。

○为了配套，买了块两个半针儿的手表，有事没事高抬右腕看看，其实是几点他自个还没看清。也没关系，别人看见他有好表就行了。

弄了个中华烟的空盒，里面装的可全是毛儿八七一盒的双穗儿烟。在人家面前亮亮烟盒就行了，不到万不得已不能抽。为啥?怕人家闻出“气气拉哄”那股子味儿，跟“中华”对不上号，露了马脚。

○单位来个领导，跟他业务有拐八个弯儿的关系，他就跟在后边。

○人家相亲，他也全副行头外加一把小扇跟着去了。可是女方老人传过话儿，对介绍人说，没相中。问原因，人家不大愿意讲，通过内线才摸清，只是一个字：浮。再一细究，才知是把这位采购员错当男方了。

他不自疚，反而自负：哈哈，把咱相了！（1964）

队长不在才干

贮木场张某小工队，有个副队长。张在，他就不发挥作用。不在，一定要超过张在时工作量。原因张是模范，他再好，功劳也记不到他名下。（1964）

不　久……

李某的儿子下乡不久，劳动科就给安排一个指标。

李在会上讲了一套劳动锻炼子女的重要性。说儿子回来不应该，随即送子务农。

不久有省报刊，发表其送子务农的事迹。

又不久，其子按正式工人安排了。

实际上，那个招工指标，一直就留着呢。（1978）

弄　　虚

〇森林防火工作会议，在“副食自给”的某林业局召开。

小卖店半斤一包的黑木耳，售三元。与会的，你买一包，他买两包，都夸局里工作搞得好。实际上，他们六元半斤买的，买私人的。

与会者占了三元便宜，也受了三元的骗。

○这里副业搞得好，吹出去了。上边组织参观。

他们借来老百姓的一些猪和鸡。猪还好说，反正大小黑白都是猪，七长八短也就那么的了。鸡就不行了，大小红白品种，还“泥头拐杖”的（沾满泥）。更重要的是不合群。相互争斗，狗未跳鸡却飞了。

明眼人一看便知是现凑的。参观者手掩口暗笑，但不说什么。

这叫“铁拐李把眼挤，你糊弄我，我糊弄你”。

○又吹：自己生产的黄瓜，新鲜，顶花带刺。实际也是暗里外买来的。这里把“顶花带刺”当成奚落作假的典故，这笑话顶风流传四十里。

可也有益处，活跃了业余生活，一提就笑一阵。

头头急了，在会上激动地说，你没看见的，不等于没有。你没看见的多了。

从此，笑料又多了两句：“你没看见的不等于没有”，“你没看见的多了”。

○嘴这东西不饶人，虽说吹牛不上税，可是还得吃饭。到储秋菜时，得上外局去买。人家的检查站卡住，说你们又展览，又顶花带刺，大白菜还用到我们这儿来拉？

○这位头头满腹韬略。搬家时拉好板方材，为掩人耳目，上面装上瓜。他为要将别人住的公房给儿子住，在市里给那人安排了房子，帮着调转去市里了。（1978）

三 把 子

一直生活困难，物资匮乏什么都要票儿，都定量。因此“三把子”就吃香了。

哪三把子？刀把子，卖肉的。舵把子，开车的。勺把子，上灶的。

家里有这么一把子，那可“活运”（灵活、宽绰）了，滋润多了，仰着脸来求的，推不开搡不开。

比如司机拉树苗，硬是在沙滩上前进后退，说是打误，不加钱开不出去。还得黑包工头来讲情儿。

当然，那掌把子的，如是老实本分的，绝不在此例。(1979)

茶凉茶热

董某一解职，门铃里布谷鸟不叫了。东西过去不用买，现在不买得扎脖（挨饿）了。老爹连声哀叹世道人心。

关某刚一复职，又当领导，便门庭若市，来的人，明明过去见面连头都不点一下的，现在拿了礼来，热乎得就如八辈子没见过面的老故亲。(1979)

文明窗口

火车售票处，三个窗口，都写着文明窗口。很早排队，等开门。

有售票员来上班。旅客问："今天的，牡丹江，有吗？"

售票员："明天的都没有。"赌气似的，正眼也不看一下。

另一旅客对问者说："你在窗口前问，就好了。"

"为啥呀？"

"门上没挂文明二字，窗口上都挂着呢。"（1979）

神仙蒙冤

某工程部门，请批了许多建筑材料，说要建临时桥。不久上报说水淹、火烧、土地老（指当地人）偷了。还认认真真登记造册。

未几，几位少东家小楼，悄没声地茁壮成长起来了。

龙王火神土地，哪儿申冤去？（1980）

俩 醉 汉

出了酒馆，晃晃悠悠。推车就走。

自言自语：这车怎么这么沉？

后边一醉汉，推着车子赶上来。看见第一个醉汉推的是自己的车。

问："你怎么偷我的车？"

答："你的？你叫它答应？"

第二个醉汉，拿出钥匙开了车子。第一个醉汉目瞪口呆。

问："那我的呢？"

答："这不是吗？"

第一个如梦方醒：啊，原来是你偷我的车子呀！（1980）

朋友一茬一茬的

五十多岁，脸上油汪汪的，黑又亮。是某局局长。

运动中，今天风一来，“杀回马枪”投向一派；后天风一来，又“杀回马枪”，投回另一派。

她老妈跟人闲唠嗑儿，说：“我们儿子的朋友，像割韭菜，一茬一茬的。”

但不论站到哪边，自己的事，一点不耽误。墙头草随风倒，根子却不动不摇。（1981）

口头君子

什么都感到不如意，什么都要在背后指责。行动时，处处向不正风气忍让投降，甚至从中得到好处。（1981）

“另开张”

凡事三天新鲜。木匠活、养花、钓鱼、打猎、无线电，都曾爱好过。但都是半成品。

老话说重打锣鼓另开张。他是不断重打锣鼓。

也有能坚持的，那就是吃饭。

二十世纪五六十年代以前，形容此种性格的词儿，叫“五分钟热血”，更早的词儿叫“没长性”，也就是无恒。（1982）

“他妈……”

秘书找局长，说最好那家酒店没地方了。美国来市里这个参观团怎么安排呢？

局长说：“谁他妈叫来的？”

秘书拿出文件，局长一看是自己批的，自语说：“这是他妈我写的！”（1982）

距　离

某有些名气。过于自信。常挑他人小毛病，遇小不如意就兴师问罪，稍有看法就不容人。别人看着，人们都跟他保持一定距离，就像防触电。他自己却感觉良好。（1983）

猪没屁股

还是在一切凭票的时候，卖猪肉的腰板直着呢。人们发现柜台上的猪肉，不是前槽就是腰排，没后鞧。

人们知道后鞧是有用的人吃了。

于是流传一句嗑儿：猪没屁股，人没良心。（1984）

二年大变样

〇二十世纪五十年代末，我曾在一个林场工作过。

西山下，有条小溪潺潺流过。清可见底，只觉得鹅卵石轻轻浮动，小鱼在上面漂来漂去，忘记了水在流。

我在一个傍晚去散步，见一野鸭，带着一窝小崽儿，在树荫下小溪里寻寻觅觅，找小鱼吃。真是逍遥游。

空气里有清新味儿。仰望夜月，亮星星那么纯洁，好像他们十分年轻。

○两年以后，开了铁矿。这个小小山谷，人口增加了十几倍。走路得小心，不然踩到粪便上。溪水浑浊，临溪搭席棚子权充厕所，粪便顺河横流。上游轰轰放炮开铁矿，像什么怪物把溪泥搅起。空气像垃圾场里不通风，感到憋闷。看月亮星星，两眼像得了白内障。

看到墙上还有口号，有二年大变样的字句。挺痛心，掉头走开。(1984)

交“友”心机

以有用没用，做交友条件。

拿定主意，三十岁以上的不交了。三十而立嘛，明明看出立不住的，你还交他，投资都得打水漂，傻呀。

偏偏他不交的那人到四十岁时，所处岗位对他正有用，只能恼火不已。

还一个条件，不友不如己者，来自古训嘛。没想到后来人家比自己强得太多，又是后悔不及。

大半辈子内心没晴天，没春天。自然没一个真朋友。(1984)

官架子

也就是个小部门头头，管三四个人。办公室分散，二、三、四楼都有。这位头头在三楼。他要通知开会。又无手下给他通知，他先跑上四楼，噔噔噔下到二楼。之后噔噔噔回自己办公室等着。既然上跑了，下也跑了，说一声不就完了？他是怕部下忘了他是领导，等着大家朝拜呢。(1985)

偶　　得

○无论何等事情，一灰了心，那就是决了河堤，挽救要艰难了。无论何等事情，一有信心，那就是拦路河上架了桥，通过何难？

○老祖宗说到难，就说比上天入地还难，李白诗，“蜀道难，难于上青天”。现在我们天上了，地入了，还有人再说这样的话吗？标杆尺度即目标，低不得。

北京儿童医院，有位院长，数十年治愈的患儿无数。查房时，他忍不住亲了患儿的小脚丫。

一位受人爱戴的领导，看望艾滋病患者，自自然然地握手。

走路微微蹒跚的老人，穿双软底布鞋。一颗按钉扎着他了。笨拙地起下。找块石子，砸倒了那钉，才抛到垃圾箱里。

春风来了，种子就发芽……

○爱吃黏食，早市上买了些粽子回来，一时吃不完，冻在冰箱里。后来想起要吃，化了一看有些发白。老妻说大米的吧，蒸蒸，油汪汪的了。买日常用品，小当不少上，难怪老妻怀疑。

常去的早市儿，有两盘公平秤，利用率那叫高。好还是不好？

怀疑，不信任。多了，个人要精神失常；人群，那就从混凝土风化成一片散沙了。

○老妻说，怎么看着小米粒小了？我说，过去眼小，看东西就大；现在眼大，看东西就小。

看着大好还是看着小好？大是夸张，小是保守。本来面目才是真好。

○来回每日跑二十四里路，到县城初中、高中读书。家里老母小妹，老母一双小脚，小妹还上小学，没有劳动力。一点地，记得不到三十亩，靠自己种，半糊着三张嘴。

种了些亚麻。长起来，泛了黄，微风一来，结子粒的小铃铛，晃起来沙沙地响。浅褐色的麻浪，有星星点点金光闪烁，蝈蝈也叫得欢。一年的粮钱有了，高兴啊。

阴雨来了，求乡亲帮忙，拔下来垛好，垫上，苫上。哪想到上面苫得不严漏了雨，下面垫得不高，内涝，水给泡上了。盼着天晴就不晴，在草屋里听唰唰的雨，胆战心惊。庄稼，就是庄稼人来年的衣食，来年怎么活？

好在那时工作好找，到了林区，每月有一百三十个工薪分（每分合现在 1.85 角），有了饭吃。再听见下雨，就想你下吧，再下，我也不怕了。

后来很为这幼稚的想法羞愧。你逃出来了，农民地淹了粮没了，你同样也是衣食无着。

○现居之屋，二十三年前分配，新房。房改，改给个人了。

七楼，顶层。说是外面售房者维修，在房款中他们有提成的。“钱到手，饭到口”，谁修？年年漏雨，由小到大由弱到强，所以又怕下雨了。

还不错，售房单位乔迁出这某国原领事馆的地盘。风言说大院俄国要收回去。他们是从大局出发，有胸襟的主儿，周围房子破破烂烂，影响不好。借这光儿，房顶铺了一层油毡纸，真心地感谢他们。

再下雨，我就又不那么怕了。哎，人心太小了。

说小也不完全。过去有种毛笔，叫小大由之，心也如是。

○盼到了公寓楼外墙粉刷。站在楼下仰脸看，气象一新，精神一爽。

换个角度站远处仔细一看，爽气顿消一半。凡阳台能遮住视线的地方，全少刷一遍。

唉，能减多少料，能偷多少工？不就是几刷子的事吗？犯得上吗？

○一直向前，不迂曲者最好。两点之间直线最近。一条路与另一条路相逢，你过去，也得让人家过去，是吧？该从上面跨的就跨，该从下面钻的就钻，该转弯的就转弯，该螺旋形下降的就下降。

于是，有高架桥。一条两条三条大道，相互道一声你好，铺向各自的远方。

○老了，又有日常的事要办，乘公交车，只有一件事不好意思。

满车黑发的坐着，一个白发的站着，这没什么不好意思。你又没当过他们的老师，再说，这事也挺流行的，过去说法不责众，不是吗？

那什么不好意思？就是车里太挤，不得不弯着腰探着头，站在那些坐着的装作没理会的，故意摆弄手机的，男女亲热搂抱的年轻人面前，目光一碰的时候不好意思。不为别的，这不好像是催人家让座吗？

所以一有空隙，赶快串到门口去，方可松口气。

〇那一阵子，女儿不在跟前儿，外孙女住校，儿子另住，周六回来看看。平时来敲门的，不是收卫生费的，就是收电费水费的，再有就是来推销的。一听敲门，老两口子立刻就对望，同时说：又是要钱的！（2011）

三“没”四则

〇大龄女一脸不屑：“没房子，没车，你来谈什么（对象）？”

一扭身，挺胸昂首，响着高跟鞋，走了。

大龄男一脸尴尬，望着她拐进一条小胡同。

〇“没有一百万，你们生我干什么？”好像也不能怪这儿子。没有新的高层（住宅），没人跟他结婚，气急败坏，横着说出来这么一句爆炸性的话。

〇百年外国名店门前，距宽阔的大街，有十几米的人行道和场地。人流摩肩接踵。现在停满了车，还必然是收费的。人在车隙中来往，像浅河滩一块块庞然卧牛石缝里的小小游鱼。

一辆宝马开进来，行人急绕行，无意间摸了一把车身。开车的探出身冷冷看着。继续开，与尾气一起，抛过来一句：“穷鬼！”意思是我这车你摸得起吗？

〇“穷鬼”不是新词，几千年这骂法与“国骂”一样流行。只是20世纪中国有几十年断了。

“乡人笑我贫寒鬼，还似襄阳孟浩然。”（2013）

九　黑土莽林　人情风物

山中小记

○汤旺河西岸，是汤林线铁路。铁路沿河谷，在深山中蜿蜒穿行，直达小兴安岭深处。西林站，铁路西不远，有一片山中小平原，就是“毛子屯”，离我当教师的白林八里地。

○我们十七、十八、十九岁，四个孩子王（教师），又都是巴彦小老乡，很合得来。星期天打对主扑克，输者请客。然后，数着枕木（在铁道上走）到毛子屯，小酒馆里喝一杯。

酒馆倒是中国人在屯东边开的，往窗外一看，可都是俄罗斯风情。

○一条村路，两边是住房。房子方向自选，错落却无致。房子多数很小。有好些的是木刻楞（木头卯榫相连做墙），屋顶苫以木板，比中国人的房坡陡得多。黑天棚都放些杂物。窗小。

我们推测，俄国人喜欢避开阳光居住。没见他们在强烈阳光下，挺大的眼睛眯没了？

○村中有小广场，很高的秋千架。黄发女孩儿有一搭无一搭荡着秋千。链环处发出吱吱扭扭的声音，飘过河，消失在林子里。

○一男孩似是放马归来。穿着系腰带的肥大的立领乌克兰衫。像一本书扉页上老托尔斯泰穿的那种衫子。枣红马，头小身长腿细而高。他骣骑，光着脚，沿着一道长长的柳编篱笆，在柳荫下悠闲骑行。马蹄慢悠悠地吧嗒吧嗒踏响着石子路。

出了树荫，枣红马毛色立刻闪亮，男孩用手遮起凉棚。

○有个水泡子，孩子们在戏水，一丝不挂。男孩儿个个是瘦长条子。俄国人孩子小时特别好看，黄发卷曲，灰眼长睫毛，毛吐噜的，很白。半大小子的时候，就不怎么好看，到了青年，又英俊好看了。

屯子里很少见到大人，有点冷清。

○屯民养奶牛在行，有个大胡子老头儿，常到白林卖鲜牛奶。

秋天打羊草，大钐刀稳健地抡起一个漂亮的弧，羊草成弧状带倒下。搂起堆好，用长长的四轮农用马车装运。

○山林之中，冬天狩猎，是他们主要收入来源之一。（在伊春车站，曾见过一俄人壮汉，却毁了容，说是打猎时黑瞎子自卫，把他舔了。）

看着看着，许多经典俄国、苏联小说，特别是《静静的顿河》，场景人物，在脑子里就活了起来。

○他们是十月革命中流亡过来的“白俄”。据说，伪满警察和日本人在此设立山林警察队。收买他们中个别人帮着抓劳工。抓一个，奖给老绵羊票一百块。打死一个“可疑的”中国人，可以领赏，就说是打死个抗联。（1953）

林中渴不着

白桦树，砍个口儿，能接着桦汁，其汁微甜微涩。沼泽地，塔头地，水锈变得红黄。在旁边用棍子插个坑儿，扔块干净石头垫底，不一会儿就渗出一坑清水。(1956)

大 楞 场

1949年春，森工分局的大楞场，木材堆积如山，是全国最大的木材场。敌人派特务来放火烧，没得逞。

木材要靠河流送。但秋水小，冬天河里卧牛石都裸露出来。即便春水下来，木材也运不走。石头就像满天星，二百工人打石，就像“弹脑瓜崩”，解决不了。

开春前，上级调四野一支部队，号召要七天攻克碉堡。军队炸石炮声三天不断，五天完成。这十八万立方米好木材，乘着桃花水，都运出去了。从此大楞场全国驰名。(1959)

借 物

某邻家人进院，问锹在哪呢。

主人说：“小棚子门前戳着呢。”某拿了就走。

借物就像应该的，你借他的也如此。这都是性格粗犷的人。跟环境也有关，林场啊，偏僻处啊，这情形才可发生，人际关系淳朴。(1959)

轱辘马

铺设轻而窄的钢轨，形成小铁路车站信号等系统。以木材钢铁为料，制成四框，下安两钢轴四钢轮，轨道平板车就成了。两辆一组，运载原条（去枝的整棵树）或原木（截成一定尺寸的桥梁、矿柱、一般等材种）。集中十几或二十组，一列小型木材列车，就组成了。

长长的绳子连几个制动闸，放车把式稳站列车中部控制。利用坡势，闸一开，车渐渐启动，速度逐渐加快，矫若游龙飞奔而下，几十里上百里路到山下，在贮木场（有大火车）停下来。如原条，贮木场再造材、归楞、装火车；如原木，再造成木材，归楞。

这种车叫轱辘马。伪满洲国时日本人上面安斗，人力推煤。连起来运大木，省了动力，或为解放后林业工人所发明吧，这要智慧还要胆量，林业工人都有。还叫平车，因其无车厢。

也有失控的时候，行话叫放夜猫子，十几里就听见哇哇的山洪般响，不是好声，就是出了事故，幸亏极少。

返空车是上坡，咋办？马拉呀，叫马吊子。林场的职工去沟里，上去下来几十里一步一根枕木，叫架步量（是“自古华山一条路”）。

大风雪之夜，几十里长的平车线，要撒沙子防滑。姑娘们挑着六十斤沙，一路一点点地撒，风吹去再重来。（1960）

关东打春

前清末年，关东城之地方，地广人稀。关内各省，来闯关东的人们，猫冬结束，迎接春天，也要热闹热闹，叫打春。

由县衙出面，召集一些本地有头有脸的，好热闹的，能说能唱的，凑成班子。抬着一个纸扎的人，吹吹打打，街里游行。这纸人名之为“要忙”。这一天，庄稼人，受重视，走在队伍前面。

纸人的穿着打扮，预测年成与祸福。

衣红，表示人脆，也就是不结实，容易闹个灾有个病；衣蓝，好，吉祥，人都平平安安。两脚穿鞋年景旱；两脚光着，要涝；一脚穿鞋，一脚光着，不旱不涝，好收成。披披风，天要冷，反之则正常。这形象，大约是有学问的人，依据皇历安排的，以便农民了解这一年的旱涝情形，计划种地与营生。(1960)

灯　　官

过元宵节，有灯官。灯官着七品县太爷官服。有鸣锣开道等仪仗。坐轿子。灯官娘子，没这待遇，只能坐马爬犁跟着。

灯官只管灯的事，铺子买卖，大人家，没张灯的，要罚二百元宵。(1960)

打　　靛

家机布，须染成蓝颜色，叫大布，才可制衣。

染料是自种作物叫靛，须经打制，才成青出于蓝胜于蓝的那种蓝色。植株极像水畔洼地所生的蓼吊子，淡红色穗状小花。（名蓼蓝，产于我国，旧有栽培。）

立秋便可收割。清水浸于大缸，放适量石灰。用靛耙搅动击打。五七天后，棵子捞出，撇去较清的水，剩下的浓稠流体，就是靛。日晒干缩，储于缸内。

用时，将灰水浓缩入缸，从火炕烟道，引烟热经缸四周，保障一定温度，再加上靛和渣的混合物，过三天用粗实的苘麻秆搅动。以后一天搅动一次。

此时缸面很是旖旎，一道道绿黄青蓝，闪着金光旋转。渐渐在搅动后，显现蓝亮泡沫，在缸心久久不散。此谓靛花。有了靛花，就是“活”了，可用于染；否则谓“死”，不能用。（1961）

迎着虎走

传说：在山里遇到虎，如果毫不惊慌退缩，庄严沉着地缓步迎上，它就不会咬你。

有趣，让人思索。可是不到万不得已，谁也不会做此实验。（1962）

捏　嘴

姑爷儿头一次登门，小姨悄立门后，手拿一只未捏上的饺子。姐夫一进门，就捏合。俗谓捏姐夫嘴，免得以后他骂姐姐。（1962）

给老师敬礼

车站检票口，师生相见。已经当了干部的学生恭恭敬敬敬礼。旅客为之惊，老先生为之动容。(1962)

乡村夏日

听见熟悉的声音，会想起与此声音有关的熟悉的生活。

○听鸡下蛋咯咯嗒，叫得那么骄傲，忽然联想到故乡村庄，夏日中午氛围。

晴空万里，太阳挺近的，蓝天一直弥漫到地面。农家树条子篱笆上喇叭花有些困意地合拢起来。院内墙边鸡架上，有三四个谷草编的、金黄色的“鸡咕噜子”。鸡儿脸色红通通的，绕来绕去，进去，“闹”了半天的窝，才拉着长声咯嗒起来。

大公鸡好像知道这是叫它，连忙过来咕咕小声叫着安慰，围着母鸡转一圈，母鸡才算平静。

○狗不理这些，只顾细眯着眼，耷拉浅红的挺娇艳的长舌，垂着半尺长的“哈喇子”，哈哧哈哧喘气。胸急剧地张缩。

○上屋茅草房，上下两扇高丽纸刷豆油糊的木棂窗子，都卸了下来，图个凉快。白发婆婆，安坐炕上，用细细的席篾，编着本地农民夏天离不开的尖顶草帽。

○大门外咴咴地叫了，随着几声响鞭，下地的人马回来了。犁杖放在旱爬犁上。马儿下了套，就在院子里打滚，舒服地叉开四条腿抖落毛里的尘土。牵到井台上去，便咕嘟嘟长鲸吸海，仰天长啸，唇上还滴答着水，摇晃尾巴，放几个响屁。

〇妇女们把黄亮颜色忽明忽暗（有风无风明暗不一）的黄豆包端上了桌。蘸酱的生菜白菜，装了满满一筛子。黄豆芽汤，黄亮亮，油汪汪。汤面上浮着一些小泡泡一样的豆皮儿。

〇屋檐下，麦秸拧的蝈蝈笼里，蝈蝈一个两个叫了起来。引得邻家的，房前屋后地里的，也都叫，宁静中一片蝈蝈联唱。(1962)

抓　周

东北农村，也有抓周习俗。孩子一生日，炕桌上摆书笔珠算，鞭子，工具，还有胭脂等，让孩子抓。抓书或笔，七姑八姨一阵夸赞。抓到胭脂，就说这小子将来一定“骚性”。这么办的，多为小康人家。(1962)

上　荒

六十年前，青冈这地方是大荒片，草一人高。去屯垦叫上荒，大鞭子随意一甩，巧了就能抽下一些鸟雀。黄羊子不怕人。

百八十里见不到人家。可一下子见个人儿，十分亲性。明明路过，也要留住一两天。

地好，有劲，甜瓜有角瓜大。(1962)

提防牤牛水

夏季雨大山沟会忽然涨水，牤牛叫似的，可沟筒子流下来。

人们忙跑上山。可是忽然又不流了，有个小青年跑回帐篷拿东西，水又忽然来了，连帐篷带人都卷走了。(1962)

晚霞映出来的屯名

还是百多年前开荒的时候。

有一天傍晚，我们老屯乡亲们看见，西北二里多远的小聚落，大火腾空，赶忙去救火。

到那儿一看，家家炊烟，一片祥和。

原来，是晚霞照的，一片通红。从此，小屯就叫火烧屯。(天赐屯名，世俗中含一脉诗意。)(1962)

鞭不入屋

旧社会，不能带着鞭子进人家的房屋，否则不受欢迎。(满族风俗。有人说蒙古族也如此。旧社会一词，当时使用率非常之高。)(1963)

林区钓鱼

佟树林兄讲：沿河走，找二花流儿(花流，河底石头激起浪花处。二花流，花流下边一点)。钩上放成嘟噜蚯蚓，也可放蚂蚱或七星鱼。一般不带漂儿。

冬天，在冰窟窿横杆垂钓。在大钩上安灯泡，鱼见到好奇游来，猛然提钩。

会钓鱼的，有个风吹草动，安然不动。专等鱼钩咬结实了，才提钩。不会的，水面起个波纹，也一惊一乍，赶快提钩看看，有鱼也吓跑了。(1963)

霜降前兆

小兴安岭霜降前两天，天阴得很沉。风里湿润，有些雨星星的，还挺温和。如春天开化一般。让人浮想联翩。

种庄稼的，可不这样轻松了，因此地无霜期短，霜期延长几天，收成就能增加一些，咋办？夜里发动群众，在地里拢火，一处处火光，亮得夜空红了。(1963)

关东城四大怪

河北等关内人说：关东城四大怪，草苫房子篱笆寨，窗户纸糊在外，老公公穿着儿媳妇鞋，养活孩子吊起来。与本地流传的“嗑儿”有不同处：窗户纸糊在外，大姑娘叼个大烟袋，养活孩子吊起来。这是和关东城三宗宝相呼应的。关东城三宗宝，人参貂皮靰鞡草。原来是人参貂皮鹿茸角。（大约谣谚形成年代地域不同，观察角度不同所致。）(1963)

结 阴 亲

李志璋老友，河北人。他说，关内过去，有结阴亲的风俗。青年未婚男女少亡，两家父母怜蓓蕾早谢，双方又门当户对，相互同意，就结阴亲。

男女尸骨分别捡入新棺。拉出茔地。由男方车接女方到男方灵棚。吹鼓手吹奏，亲友庆贺，一如生人。也唱戏，演员带妆提前祝贺。

两亲家也如新亲一般走动。但并不长久。（1963）

接　骨

疗友老陈：

某公社党委书记，人家扒房子，他去指导（出身木匠）。“大山”倒了，砸了腿，断成三四截。在哈尔滨医院住两个月，脚脖处还是没接上。家人说，家乡有人能治。便坚决要求回了家。

套爬犁，接来那位乡人，乡人惋惜地说，晚了。乡长说，你要能治好，给你行医证明。他高兴应承，并要人买好酒、黄表纸、几味中药和秫秸帘子。

施治时，轻以手理伤腿。边问疼否。在伤处打小帘子后，两手用力一抻，伤者亦不觉疼。然后打大帘子，浇酒敷药，下用开水熏蒸。突然用力扭伤腿，伤者身随腿动，并不叫疼。看的人特别是家人，早已汗如雨下。施治者轻轻敲打伤腿，四小时，才收手。众惊：“这就行了？”乡人曰：“三日打开帘子，站着不用人扶。断了，我再接。”

传奇气极大，《聊斋》味很浓。（1964）

采树种者说

樟子松高而直，无节子。质地不亚于红松。能造船。用于造家具，光滑有色泽。但种子难采。

上树用绳套法。很慢。用铁钩搭在枝丫上。像智取华山的样子上去。采时依树面朝外。双手双脚都可以作业。下来时，绳套一端套在树上，另一端套在大腿上，每天可采三十斤。

回来后，要用干板晾，屋子加温到四十五度，晾四天。球果开了口。放在机子上一摇，籽儿就落下来。然后把球果放在十三度的水中泡，口又闭上。如上法反复一摇，籽粒即可全部拿出。

籽粒用天鹅绒搓板搓，毛掉下来，籽粒才可用。

这方法在黑龙江适用。(1964)

熟 熊 皮

宿舍里有个瓦匠，铺了张熊皮。厚而且硬，铺在那儿也不平，包包瘤瘤。我说，这东西好像没大用。他说，才卖两元多钱，人家还不愿意要呢。

他又说，要说，可也有用。栖林人（鄂伦春人）能铡皮。用木头铡刀。翻过来掉过去地铡，就软和了。筋一砸，也软了，往上一缝，多咱不带坏的。(1964)

原始林知识

○即将黎明，草木露水大，会是好天气。

夜里较前几夜格外暖和，那心里就要有个谱了，明天非阴即雨。

○鸟儿很欢畅，又是吃又是玩儿的，那不会有雨。

雨来之前，它们会找个适当地方，缩头闭眼，不声不响。

〇雾里没什么水汽，就像空气中充满烟尘，坏天气就要来了。

下雨时，半山腰出了云雾，而且懒洋洋不流动，雨就快要停了。如果云雾绕山跑，就要刮风。

〇林子里的早晨晚上，跟山间平地不一样。阳光稍被云彩遮住，林子里就幽暗起来。

〇遇到树皮被扒去或砍去一点，那是标志，窝棚要到了。

林中小屋即便没人住，也留有米、盐、火柴。留给林中讨生活，一时没处住的人，留给下一个到来的人。

〇小河边上，有时会有一只陈旧小船，扣在两根倒木上。那是留给路人应急用的。谁用过，懂规矩的照样扣起来，再留给后来的人。

〇有木建的山神庙，庙门一定朝南。有酒食就得上些供，没有也要恭敬有加。（1977）

朝阳民俗

〇朝阳山村民歌：

十山九扭头，河水石上流，财主不过三辈，昏官不到头。

〇衣着：

讲究二、五、七件。第一个扣吊着（耷拉着?），是大铜扣。没领子，叫前清派儿。料子多是家织布。头戴四喜帽。大布腰带。套裤。

有些钱的，知些书，达些理，识些文，断些字的，衣袖长，外罩小马褂，八块瓦小帽儿。

劳动的人，多穿蓝大布。为啥？染时比青的少花钱。还有自家用谷草灰染的灰布。不透亮，总像洗不干净，从新到破，灰突突的。这是男装用的料子。

女的呢，要分岁数了。四十以上，裤子膝盖以下肥些。镶绦子。不舍得花钱，穿紫色的。颜色也不匀，一块块的，花花搭搭。染色时，倒包颜料开水一冲，布放里一泡就大功告成。二十来岁的姑娘媳妇，穿紫裤的也有。

新过门，绿裤红袄。新老派的区分，就在腿带上。分宽、窄，窄的是新派，免不了惹得七大姑八大姨背地里议论。时兴拎条羊肚子手巾。腋下有荷包，荷包有长穗，走快了就有节奏地飘动。陪送箱子柜，大镜子，掸瓶。茶盘呢，要铜的才可说得过去。

〇饮食：

过年，头等粮户，一袋白面，村里也就老高家一家。中等的荞麦面。一般的碾点白米面。再次，就是高粱面。还要掺上些榆树皮里边比较滑润的部分，为的是保条（有筋性，包团子免得散花）。用点棉籽油。

待客，用过年时留下的一块肥肉，切成薄片，盖在菜的上边。主人让你吃肉，你也不能往肉上夹。不然，会招人笑话。(1977)

雁窝岛

原名燕窝岛。挠力河冲出陡峭的岸，小燕子在上面筑巢，成千上万的，腾空飞舞。排水开荒，良田农庄。小燕儿本来与人亲近，房子一多，它们自然迁在人家儿外屋的屋梁上。挠力河岸的小燕窝，渐渐荒废了。

可是大雁呀野鸭呀，反而多起来，在荒原沼泽上做窝繁衍。这样，也就改名雁窝岛了。北大荒版画，特点之一，是有飞翔的大雁。

1957 年 4 月 12 日进点开荒，六台拖拉机全陷烂泥塘里去了。潜水挂钩，才拉出来。有个名扬省内外的话剧《北大荒人》，就是说的这事。(1978)

有人儿

行人流量大的十字街，傍晚是叫卖冰棍最好的地儿。两个卖冰棍的争地儿，吵起来。从中知道，老太太派出所有人。

我散步回来，只剩脖上挂着大白围裙、戴白帽的老太太，中年妇女不见了。

那边，有两个哑人，倚在自行车上，用手语谈着什么。(1978)

边城民谣

饶河县，东临乌苏里江，挠力河流经五百里由其境入江。与苏联隔江相望。鱼多，有传说："踩着鱼背能过江。"

文化遗址，曾出土大量形似黄河流域出产的陶器。赫哲、满、汉、朝、回、蒙，还有过犹太、波兰人，友爱相处，人口多达七万。

19世纪曾种鸦片三万五千亩，收烟土七万两。后来庚子俄乱，居民只剩三十余户。

有民谣说：为人不喝乌苏里的水，活着是大烟鬼，死了是屈死鬼。

伪满日本人严控边境，找个由头就杀人。

后来，人多起来。

产一种毛水苏蜜，其清如水。原来在草原设蜂箱，蜜蜂都往挠力河方向飞，渐渐移至河两边。二十三箱竟产七千斤。毛水苏草名，又叫七里富子草。

又有民谣说：有心要回山东家，舍不得挠力大鲫瓜（鲫鱼）。

汉人中，山东移民多。(1978)

面　壁

古老房子，如果墙壁有记忆会说话，可不得了了。

它清楚知道，差不多每个人，多是当面一套背后一套。其言行多是相悖的。今年一套，明年一套。更不要说一个大变化之后了。“君子”和“小人”在一个人身上对立又妥协。

有故事说，某故宫阴天夜里，宫女嗑瓜子闲话，听到云彩里喊杀人。

达摩祖师面壁，有无新解？古人讲的“屋漏”“离天三尺有神明”，有无新解？(1979)

大迁徙

牛满江地区，达斡尔族数万人众，从1644年到1653年，跋涉辗转数千里，到达嫩江。

过了多少大河，攀越多少高山？莽林沼泽，风雪严寒，虎狼横行，瘟疫蔓延。要多少坚韧，要多大勇敢，要多高智慧？要有何等心胸情怀？路上多少人死，多少人生？

不回头，不停留，一直朝着目标走，他们达到了目标。

材料里说，只为切断哥萨克粮道。只是如此吗？

历史上中外有许多次大迁徙，多是悲壮的，有气节的，体现了民族集体性格与人的追求。(1979)

臭松其实很香

臭松，冷杉属。喜潮湿阴凉、排水良好的平湿地。气味异常，其味来自叶和嫩枝。

扁叶，边缘有两道树脂道，分泌冷杉油——松针油。春5月见油液，中旬全满。散发气味。即芳香族，乙酸龙脑酯。龙脑，即冰片。

《本草经疏》有记载：龙脑香，其香为百花之冠。味烈而久。冷杉油，用热水一万倍稀释，味柔，有通心入窍之感。(1980)

拉 柈 子

○林区家家烧柈子。

一年开春，家家总要准备几溜儿（容量），垛在障子外边。

谁家预备得多，而且都是站干（枯立木）劈成的，算好的。好劈好烧做饭快，就受人羡慕，特别是受大嫂大婶们羡慕。

〇有权的又有关系的，不用自己张罗，旧的没了，新的自然来了。

没大“章程”（能力）的男人，枕头风一吹，得表现出有“章程”。吃奶力气使出来，求人从林场买，求汽车往回拉。

没门子，求哪个都得说尽好话赔尽笑脸。

〇拉柈子的汽车，一进街口，妇女、孩子就出来看热闹。知道是哪家的，女人多半就滋溜钻屋里去了：人家柈子太好她嫉妒生气；不太好，免得让人看出自己高人一等的样子。

〇一家男人没“章程”，全力以赴，算拉回来了。

门前地方狭小，车要倒进来。男的指挥在车后退着喊：“倒，倒，倒——”车一晃悠仄歪了。这时男人才说“到到到沟啦!”原来，这人口吃。孩子们就笑，小街上大半年，听孩子们喊“到到到——沟啦。”（1980）

陋　　习

模范教师某，给了个三套房两家住的待遇。10月半，天气很冷了，嘶嘶哈哈来看房子。进门擤鼻涕，往门框上一抹。然后问这房子怎么装修才漂亮。

别人暗笑：“这么好个房子还不抹出个花蝴蝶来?”（1981）

“话　　癌”

绰号。该人话匣子开关有毛病，打开就关不上。

车轱辘话。听者不耐烦，他也视而不见。人家溜走了，反而

说人家，不理解妙语纶音，没水平。(1981)

垫 道

有些事物，越垫越低。弄不清这里有无哲理。

新平房建起来的时候，门前的道，跟院子一样高低。

冬天大家烧炉子，煤灰不愿远扔，就垫垫自家门前小院子。几十年过去，一个与愿望背道而驰的现象显现了：院子前面的道比院子高，院子比家屋的门槛高。屋后一条街也是各垫门前路，弄得后窗与后道相平。

原本挺敞亮的高爽的屋子，垫成了地窨子。

更可怕的是下雨。家家淘水，门前起坝，也还是免不了水淹七军。

人对地球，好像也正在这样对待，令人浩叹。(1981)

“不远不远”

过去龙江农村问路，不论男女老少，回答个个热情亲切。

“大爷，到马家店，多远?”

“不远不远。几步就到。”你走去吧，五里六里到不了，七里八里也是它。

“大哥，到榆树林子，多远?”

“房后就是。”他房后是一片黄豆地，干走不到头。

原因是，荒片大，垄头长，屯子稀。乡亲们眼界大了，心宽了，腿脚锻炼得有战斗力了，十里八里可不就“不远不远”。

(1981)

有座无座

上长途汽车。排的人甚多。排在前边的没座位，不排的却安排了座位。

司机擦车上的灰土，呛人。一妇女说了几句，司机拖延不开车。

路上打误，司机动员乘客下车推推。

谁也不下，有座的想：下去回来抢不着座。站着的想：坐这半天，你们也该活动活动了。

司机骂骂咧咧，“都他妈的不着急，我急着抢孝帽子咋的?”便坐土堆上抽烟。

没座的先下了。有个人把兜子掖在裤带上，借修路人的锹挖土。车上人看这车一个劲儿往沟里滑，这才都下来使劲推。

车一开出来，又都削尖脑袋往上钻。有人还因没抢到原来座位，吵起来。

其实，车距终点站，也不过区区五里路程，唱个歌的工夫就到了。(1981)

江北胡子黑话

江北，松花江以北，大荒片地广人稀。胡子也就是土匪，生性，脑袋别在裤腰沿子上。有“江北的胡子不开面”之说。

“办点富”，做饭。“啃富”，吃饭。“翻张子”，油饼。“漂洋子”，水饺。“挑条”，面条。“扑拉水”，鱼。“火三”，烧酒。“台子拐子”，上炕头坐，东北习惯，尊敬的人，冬天来好不错客人，让到炕头坐。“皮子喘了”，狗叫。“皮子”，狗。“声点”，也是狗叫。“掌亮子”，点灯。“插了”，杀了。“搬搬山”，喝酒。“挑挑篇子”，唠唠嗑儿。“报报迎头”，“报报蔓”，就是报报姓名。“虎头”，是姓王，“灯笼”，是姓赵。“上小相”，少给些赎金。“绺子”，胡子队。“毛岗”，牛。“划划”，找找。“秧子”，财主家的少爷，一般指被抓去的“肉票”。后来，老百姓也把财主家吃喝嫖赌不务正业的少爷，叫秧子货。“小崽子”，一般小土匪，胡子头的年轻跟随。“海浆子”，鸦片，本地叫大烟，大烟土。“朗子”，软弱愚昧可欺者。“江措”，猪。“道子”，河流。“抚子”，山。“线”，小道。“叶子”，路条，通行证。“局底”，枪。“口串”，冰糖。“草卷”，洋烟。“勒口子”，乌拉。“提土子”，鞋。“循筒”，袜子。“连”，马。“望水”，放哨。“轮子”，车。“电轮子”，汽车。“掌柜的”，当家的，胡子头。“四梁八柱”，分外四梁里四梁。“炮头”，枪法准，能打敢拼，有号召力，胡子中有威望，位置仅次于“掌柜的”。“粮台”，总务。“秧子房”，管人质的。“花舌子”，说客。“插签的”，密探。“字匠”，写手。“外码的”，外边的。“海台子”，暗娼。“挂栓”，考验。“插家伙”，把枪藏起来。“靠密”，大伙儿吞并小伙儿。“星星”，小米子。“海沙子”，盐。“鼓楼子”，苞米。“溜子”，爬犁。

（几十年前，与一位亲属老人闲谈中，偶得此材料。他见过许多绺子。当时群众中也有知道黑话的，兴之所至，他谈了这样一点点。老人早已作古。未经核实，也难以核实。姑且记下，以待学者纠正。）（1981）

变轨不习惯

几十年，忙忙活活的，也有点感到开会絮烦。

现在人家开会，没人找他去。只好把拿起的笔记本，端起的茶杯又放在原处。空落落，还有些酸楚，也有过去开会场面回忆的短暂温馨。（1982）

宁肯捂鼻子

一个楼梯口，住三家。家家男女出门儿，都是干干净净板板正正。走过公厕要紧走几步，小市场烂菜叶子旁边要捂鼻子。

三家装修，一家比一家出彩儿。

三家共用的过道呢，蒜皮子、菜根、痰、脏土、破塑料袋，破纸片子，随着季节不同，垃圾内容变换。

对付的办法是，进门憋一口气，一闪进去紧忙关门。就像有鬣狗尾随。

然后呢，然后长呼一口气，清爽啦，感觉不错。（1982）

斯文人送礼

当校长的，斯斯文文，挺文雅，教育学生都是五讲四美三热爱。

可是为了给子女办事儿，也得放下架子，放下自尊，去送礼。又怕别人看见，就让女儿用车子推着礼物，走在前边。到门

口脖子一转眼睛急扫一圈儿，确认无人看见，立刻抓起礼物，刺溜钻进门里去了。(1982)

“这两字最好”

书法班毕业典礼。书界有几位名人光临。典礼后应邀写字。

某名家凝气静神，要写“天下为公”。刚写了天下两字，觉得纸小，要揉掉重写。有人救火一般奔过去护住，说：“我潜心研究您的字三年，觉得这两个字最好。”

于是名家很高兴，落款用印，当场奉送。

从此，这护字者成了名人座上客，渐渐也就名了起来。(1983)

都是责编

北京来信，说是你刊发表的一篇稿子获奖。邀请责编出席发奖会。

甲（副主编）问乙（组长）：谁改的稿？

乙：一般都是我改。

丙（主编室副主任，此时搞基建）进来了：这稿子是我从一个刊物要来的，责编该是我呀。

丁：头一遍稿是我看的，当时觉得很有特色。

上级领导偏巧在，问：到底应算谁？

戊（主编）：大家都看过，都看过。(1983)

因宝破家

老友景森讲："《清明上河图》收藏的多为皇帝宰相。一个将军得到了又不松手，被严嵩父子夺宝杀害。"

唐太宗找《兰亭集序》。高僧怀仁不往外拿。新状元化装成书生，到寺里同他下棋。琴棋书画都谈起来，说到《兰亭集序》，书生说他有。第二天拿来比真假。过不几天，皇上下诏书，怀仁只好拿出来。但随之就圆寂了。

还有京剧《审头刺汤》，写争夺宝杯"一捧雪"的故事。

虽系传说，亦非无因。令人叹息。

情形相反的，也很多。如张伯驹变卖产业收藏《平复帖》与《游春图》，为民族国家保护文物。传为美谈。(1984)

辗转上河图

北宋末，山东人张择端画汴京长卷，名《清明上河图》。只各类人物八百一十个。最初宋徽宗收藏于宫廷。1126 年 9 月国破家亡，成阶下囚。此图流落在金邦私人收藏家手中。

元初，又转入内府，被装裱匠人以一摹本偷换。经过某真定太守、陈彦廉、杨准、周氏手。入明，流转到大理寺卿朱文征手，其后，经徐溥、李东阳、陆完、顾鼎臣手。1578 年，属太监冯保。有严嵩父子杀人得宝传言。至清。曾归陆费墀、毕沅。沅被抄家，画落清室。1925 年，被末代皇帝溥仪盗出，又到东北。1957 年，故宫博物院收藏。

北宋亡于1279年，至今不过七百三十四年，此长卷便五进宫廷，两入东北，流转有名有姓者二十余家。官场商场黑市巷里，觊觎争夺收藏盗窃倒卖糊裱经手者，正不知几十几百。此画可谓颠沛流离，沧桑历尽。

独占欲、据有欲、暴富欲使然，人何止是只为财死？

真正爱之欲狂的艺术家、鉴赏家、收藏家——值得民族敬重的人，正气凛然，然凤毛麟角。倩谁以之做传奇呀！（1984）

三代人三种对策

三代人挤在一个小偏厦子里，实在转不开身，集体下决心，找领导要求调换房子。

爷爷的办法，是托亲求友。“姑舅亲，姑舅亲，打折骨头连着筋。”豁出我这老脸摔！咋的，还能不帮咱使把劲？

孙子胸有成竹：这时候，钱比舅亲，“搁钱搥！”

只有儿子没办法。他自称生在红旗下，长在新中国，事没有靠邪门歪道办的。说党没叫咱这么办。

三代人，穿的不同，习惯用语不同，口头禅不同，喜欢的歌不同，连对花儿的好恶也不同。（1984）

圆　　滑

鹅卵石圆滑，水的冲刷使然。

社会有人圆滑，被讥讽为油子。他们怎么变油的？（1984）

献古琴

程老先生，1936 年在北平做事。见古玩店卖一张名为“飞泉”的古琴，琴上刻有“贞观二年”字样。仔细鉴赏，确信并非赝品。店家索价十万。他爱不释手，借一部分款买下。以后回老家，还款甚苦，却从未有悔意。

今年，他抱琴来京，奉献给有关单位。

贞观二年，为公元 628 年，戊子。李世民正当皇帝。一千多年，木琴尚在，也算奇迹。(1984)

不敢信

人无信不立，人不信也难生存。

身，大幅度晃，手，大幅度摆，跛得夸张。公交车上来一中年人。咧嘴龇牙，似疼痛，撒目座位。我立即想“装的”，便不让座位。

怎么会第一念头就如此判断？见伪乞食者、假广告、大小骗子，超乎寻常的多，一朝被蛇咬，十年怕井绳嘛。(1984)

猎人小屋

凡进山行猎，遛碓的，下套的，设陷阱的，下夹子的，定期都要巡查。得了的，猎物带走；没打着的、猎具受了干扰的，要重新布置伪装。走那么大的圈儿，蹚着雪壳子，几十里回山下，办不到。所以猎场中心，靠坡面水，得搭个窝儿。因人因力而异。木刻楞，俄国人常用。戗子，或夹泥墙桦皮盖，则是中国人的。

中国猎人小屋，窗门火炕木凳条桌而已。但生活用品，锅碗瓢盆是都有的。偶有不速之客到来，厚道招待。主人出门，向来不锁门，只用木棍一支，以防被风刮开就行了。门前，在醒目地方，放一段木棍，指示主人出行的方向，也告诉来者，这个方向可以走出林子。

一旦转场，或夏天下山。小屋里的米面油盐都放在原处。还有最宝贵的，是一盒火柴，总是用油纸包好，挂在棚上。这都是为抹搭山（林子里迷路）的人，或各种原因落难的人，准备下的。管吃管住管热乎炕。

但有一样儿，你走时不要带走这些活命的东西。门照样支好，指方向的木棍照原方向摆好。

猎人山规，充满道德与人性。(1985)

“公乌鸡”

人参貂皮鹿茸角，是为关东三宝。

想上深山老林淘宝的，长白山好啊，三宝俱全但是不大敢去，那是旗人发祥地。有兵丁驻扎。

一般好勇斗狠有前科的汉子，想躲得远些的，一直朝东北方向走。走到外兴安岭不是不行。苏武牧羊的北海，也不行。

到小兴安岭完达山的多些。横渡当时大清内江乌苏里江，到库页岛的也有。干什么？挖棒槌（人参）、打猎。多数都穿黑衣服，被从黑龙江北流窜来的俄人叫“公乌鸡”。

沙俄的人，也武装结伙儿到阿穆尔来闯荡，他们追着紫貂黑踪迹走。貂皮被称为黑金。但有的亡命徒也被授予官衔，负有秘密使命。(1985)

屯　名

○柳条边外解禁，东三省屯落，像天撒神奇种子，散落在松辽平原、几大山区。特别是黑龙江北大荒，汉族移民屯落悄然生长，一转眼就成千上万。

人有人名，屯有屯名。听听那些屯名，历史感、沧桑感不由人不生发出来。

辽宁屯落，叫堡子的多。

吉黑两省多叫屯子，跟屯兵有关系。

○窝铺、崴子、林子等等，前边加上一个姓，或加一个人名，就是屯子名。如富锦县谢家大屯，刘福、李花马、王明德、小三姓屯。我家乡巴彦县王维、三门孟家、潘家大院。

一人、一家或几家，先买了大荒片建房开荒，亲友相邻相投，遂成屯落。屯名随机而生，如六合屯。

○以遮风挡雨的临时建筑名：当时草创，多搭建简易房屋。也就是窝棚、马架子。如庞家、唐家、霍家窝棚、五撮房屯。我出生的屯子，就叫三马架子，往西六七里有十二马架子、南戗子屯。戗子，为地窝棚。

肇州有葛家围子、半拉围子。围子就是围墙，多为土坯和拉哈辫子建成，就地取材。

还有叫天主堂屯的。

○以地形名：如太平山、太平川、西下河套屯、二道岗、南大林屯、干吧林子、夹信子、下洼子、玻璃岗北屯、转心湖、付家甸子（哈尔滨道外原名）、沙包子屯、蛤蟆塘、西坑、铁大门屯、楞湾子、红甸子、五虎林子、花脸沟、嘎子沟、蛤蟆河子、桦树底下屯。

○姓和地形结合：坑于家、山头孙家。

○以作坊或其他生意、职业名：如哈尔滨的吕家油坊、耿家店、鞠家床子、瓦盆窑，富锦的史烧锅、李粉坊、赵家炉、张画匠屯、唐轱辘、徐卖烟、李木匠铺、贾货郎屯、李小醑、姜炮、林银匠屯、丁家菜园子、大喇叭店等。

○以拓荒者人名、外号名：张老道沟、李铁嘴、赵湖窝棚、王围屯、张疤瘌、张边外、白毛屯、半拉子、李五先生屯、李瓦罐子屯、刘把头、鲁秧子、李大磨石、大猪倌、朱老西屯、于嘎牙子、王滚蹄、栾黑塔、李大绵羊、张豁牙子屯。

○以官方丈量规划标记名：如肇州的头井、二井、二站、胜字二井屯。

○风物特色名：灰菜沟、大榆树、古城子、龙王庙、火犁地、大烟筒屯、宋大伙房、炮台、钓鱼台屯、营草屯等。

○沿袭满族等地名，汉字化了的屯名：萨克萨霍洛，满语白脖子乌鸦，改叫喜鹊沟。松乙村，松乙，满语好，在镜泊湖南。嘎斯，满语鸟，有嘎斯村。额驸屯，额驸即驸马。托古屯，蒙语“图”的变音。八万屯，原蒙古八万王爷的荒地，在肇州县。哈达屯，哈达为满语山峰。石头嘴子卡伦，卡伦即哨所。木兰集村，满语莫罗蒂转音，即“哨鹿围”。沙虎，萨尔浒转音，满语隔板、碗架之意。沸塔密，满语富达的转音，绳子。海浪村，海兰转音，即满语榆树林，黑龙江北有现名布拉戈维申斯克，原是个屯子，叫海兰泡。卧龙屯，即沃楞转音，即线麻，也有说是马杜带的。比拉屯，满语比拉为河。这些在海林市。哈尔滨平房一带，有正黄旗头、二、三、四屯，是1816年满清移旗民来屯田，留下的名字。

○另一些，很特别：赵光腚子、可怜、两半屯、火烧、马尿骚屯、偏脸子、倒养伤、自学当、满井、夹皮沟屯。还有叫咕咚（坏）林子、坏蛋沟的。

哪一个屯子，哪一个屋檐下，不是一部或悲壮或辛酸或曲折艰难的生存史呀？哪一个屯子不可以写一部奋斗史？不可以写一部性灵情感史？

每一个闯关东人的屯落名，都可能探索出那时代的民俗民风民情民意的特色来。

有些屯子已经几易其名，那是生存的沿革。中国社会发展史的一个小小注脚。

高楼大厦、高层建筑、高等学府、高新开发区、高架桥、高铁、高速公路，改变了老屯子的历史与面貌。但也有高尔夫球场、高档豪华奢侈品商店、高档灯红酒绿娱乐城、高价别墅区里的天价房，让屯民眼花缭乱，琢磨不透。

但那些屯村原始名字、乳名，还活在老人们的记忆里，长存在负责任的地方志里。斗转星移，秦月汉关。总不过是一刻不停地变化。“人间正道是沧桑”啊。（1985）

江岛风习

江岛上有座“古城”。现在看来也就是个土围子。

1685 年，郎坦带兵修的防御工事。

夜不闭户，日里出门不用锁，从不失物。

灾后有人丢东西了。五保老头外号尿壶，新领床被，在李帮富家棚上住宿，丢了。李帮富开会时暴跳大骂，骂偷被的人断子绝孙。

岛上多是梁山、高密、唐山、保定人。与我一起坐“猴子船儿”（小巧灵便）去河南看地的老展，遇江边一只花筐坐在浅水里，里面有条大鲫鱼，用不着问是谁放的，他便捞出来做着吃，还带着血，大家也不在意。实在不熟，再放锅里炖炖。

兴安渡口有家人，来往走不了的，吃住就在他家。有船了，拍打拍打屁股又走人。

小岛上传递消息，靠互相打听。

“猴子船儿”来了，又走了，就靠听声音。

时间观念不怎么强。说是开船，一扯就两个小时过去，也开不了。（1985）

白喜事司仪

头一天，灵前叩头，男左女右。阴阳先生指挥，一压手，叩头；一抬手，起来。

先生好像刚出道，临场慌乱，孝子们不知所措，笑场。看热闹的笑，更是想憋笑憋不住。

第二天在村中游街。村子不大，走走歇歇。

第三天出殡，孝子一步一磕头，然后退半步，前进一步再磕头。这是表孝心。二十四个杠上的要劲儿了，死死地压着一步挪不了两脚窝儿，放下？钱还要不要了！心慌发晕，有的当场倒下。（1986）

上当专业户

他发觉自己，总是上当。原因是相信“性本善”。他想避免，却避免不了，成了上当专业户。“假作真时真亦假”呀。

另一人，上了当，总结教训，变得什么事都不信，总以为里面深藏诡计与骗术，对真心想帮他的好人，也怀疑，真作假时假亦真。

他信了“性本恶”。

荀子把性与伪分得挺清楚。性是真的，圣人教化是伪的。伪的是渴望是好的。两者到最后孰为胜者？

不能两手一摊，无可奈何。（1994）

阿剌锦词汇

哈尔滨最早的村名叫阿剌锦。这里百年语言变化，可以反映时代特色。一个词写成一个优美的独立词条，集腋成裘。立体历史。

掌柜的，老客，老板，大管子，老总；同仁，同胞，同志，师傅，同事，先生；屯下人，老农，农民兄弟。还有许多外地没有的话，闹木（房间），喂大罗（口大底小的洋铁桶），大列巴（面包），马达母（妇女）。以及，公母俩，上扇下扇，带葫芦籽，一担挑等等。（1997）

偶然听到的话

擦肩而过，或走过谈话者旁边，总之是你没想听人说话，风却青睐你，送到你耳内一两句，常常印象颇深，不好忘却。只录两段：

两位女人。

一位："房子一卖，孩子往他们家一搥。"

看来，军师出谋划策，一场光要钱不要孩子的离婚拉锯战，就要展开了。

还是送外孙女远达入小学的时候。听到一位中年女老师对一位看起来她比较熟识的奶奶级妇女说：

"还是愿意管，人家不是有爹妈吗？二分钱一斤的黄瓜——老贱种！"

打骡子马惊，我也是老贱种一族无疑了。心想，可别让外孙女分她班去。

一句话，后边是一个性格，一段故事，还有一定时代的折光。（1997）

松辽屯风

○荒原孤烟，长空雁唳。笼统天地白毛风，一望无际暴风雨。跳荡飞起，小溪里鱼挤，獐狍野鹿驻足看人，觉得稀奇。

○马架子，大铁车。红缨大鞭绕着花儿响，脆响一传三二里，枣红马拉着大爬犁，茫茫雪野延伸着一线雾气。

○高丽纸糊窗外，鹅翎蘸豆油油过，弹一指嗡嗡响，竟然不惧风雨。黄泥胎，线麻骨，结结实实大火盆，红彤彤豆秸火（各种秸秆火中，豆秸火最“硬”——经久不息），给人一屋暖意。锅台连着炕，炕铺秫秸席，针线笸箩，烟笸箩，幔帐杆下，悠车（摇车，摇篮）荡起。姑娘抓（读 chua）“嘎拉哈”，小子们野呀，雪地打鸟“扑拉杆”。不较真，讲义气。

○望不到头儿的垄啊，住家十里是邻居。老张大爷，老李大哥，见面真心亲热。五大三粗红脖子汉，粗喉咙大嗓门，张口见心，高兴真高兴，生气真生气。腰一直，胸一挺，看着就顶天立地。

○人戴尖顶小草帽，酱缸戴尖顶中草帽。草垛、粮仓戴尖顶大草帽。高低错落，小屯中星星点点大大小小的，都是“斗笠”。

草苫房，草喂马，草编“鸡轱辘”。乌拉暖到哪？青根子、红根子，全靠乌拉草来絮。草铺猪圈草垫狗窝，六畜兴旺。草化成袅袅炊烟，空气中便有草的不改的清香气。

○狗皮帽子满是霜，胡子眉毛是白的。牛皮乌拉脚，咯吱咯吱踩雪地。开门响四邻，井口在冰山上喷白气。

冬白，夏绿，秋金，唯春天是黑土地，“野马”（地气）缥缈无涯际。

○大榆树系一头低头养神、甩尾轰蝇的闲驴。

屯南一泓水，孩子狂欢嬉戏，水花飞散，亮晶晶在阳光里。

青苗中踩出毛毛道，可通南北东西。

青纱帐起，爱萌动了相思的男女。游丝轻移，庄稼棵下私语，梢头平静的绿，却起了一线涟漪。

〇咯嗒嗒下蛋母鸡，哦呜呜打鸣公鸡。三五声懒洋洋犬吠，蝈蝈声此伏彼又起。皆是无心，不弄巧伎。

犁归来，卸套了，土路上是打滚解乏马匹，四蹄岔开抖落毛儿，留下灰尘细雾，又急匆匆奔着井去。打个响鼻，水槽前优美低头，咕嘟嘟豪饮。摆摆头，甩甩尾，放几个响屁，向长天几声长嘶，吐出回家后的惬意。

〇苦寒地，无橘无梨，最是瓜秋甜蜜。黄金棒，灰鼠子，顶心红，羊角蜜。屯里屯外飘香气。

哪有现钱，怕什么，先记个账，大秋卖粮再去“齐”（收）。

孩子们调皮，三五个钻进瓜园里。把风的，伸手的，说了算的，猫腰蹲爬摸上去。老瓜头一声咳嗽，吓得不敢喘气。“看见你们了！”小子们撒丫子就跑，老瓜头忙喊“回来回来，这边有熟透的！”怕的是孩子们吓得好歹的。

〇大抬杆，母猪炮，老虎不出洞炮台，背套筒子扛快抢挎自来德，高墙大院有看家护院张炮李炮的，响窑了得，小“绺子”得悄没声地绕过去。

〇掌柜的，打头的，跟做的，老板子，掌包的，查边的，大半拉子小半拉子，打更的，喂马的，老牛倌，小猪倌，大人家还有磨倌打杂的。

〇跳单鼓，打祖宗，“粉得噜的”蹦蹦戏。说书的唱皮影的。这屯子那屯子隔三岔五请萨满跳大神，嘣嘣嘣神鼓呵呵咧咧请神送神，流荡在深夜里，人听了不安，狗听了游移。

〇八股绳，货郎担，针头线脑红头绳，梳头油更是娇滴滴。

狗摇尾巴村童乐，姑娘媳妇聚一起，头是头，脚是脚，走啊，有啥迟疑，有啥迟疑！

○悲事一屯子悲，喜事一屯子喜。红白喜事是大家伙办的。支客的，捞忙的，端方盘的炒勺的，阴阳先生吹鼓手，保媒的拉纤的，私官两相，屯大爷更是少不了的。

○过年最喜气。年猪杀了，大豆腐做了，黏豆包冻了，装在大缸里。留年饭是高粱米。扫房之后杀年猪，杀猪菜请邻居邀亲戚。欢欢喜喜去城里。打年纸，买年礼。韭菜芹菜各半斤，借个鲜味儿，猪肉粉条酸菜自家的。灶王天地财神马，挂钱儿门神要鲜艳的。闺女儿红头绳，小子麻雷子。老爹老妈没挑剔，痒痒挠子求吉利。

○家家贴对联，都是表欢喜。天地牌供在屋外，“天地之大也，鬼神其盛乎”，灶王爷供在锅台后墙上，做饭女人天天面对的，“一家之主，上天言好事，下界保平安”。祖宗牌位“俎豆千秋”。门神，秦琼敬德。迎门，雪堆上插块板子，那叫“抬头见喜”。有车的，车厢板子上是“车行千里路，人马保平安”。猪圈也有喜嗑儿，“肥猪满圈”，鸡架是“满架金鸡”。还有别处没见到的，是住屋墙上贴窄窄长长红春条，上写“宜入新春乐，财神上边坐”一大串喜庆话儿。新中国成立后改新词儿，“宜入新春好，农民翻身了……”城里人门对儿，套话是“忠厚传家久，诗书继世长”。屯下多为实话，“一夜连双岁，五更分二年。”一位教书先生文雅些：“又是一年春草绿，依然十里杏花红。”

春草肯定会有的，天寒地冻没杏，大多数乡亲一辈子没见过杏花，怎么去一红十里？

倒是一声二踢脚，东西南北响十里呢，地广人稀，顿生沧桑豪气。

三千条鱼

过去生活困难。

有个单位，给职工搞福利，弄了一些二寸长的小鲫瓜子鱼，分了。

报成绩的时候，说：三千多条鱼，给大家分了。（1999）

思　　绪

○冠军只有一个。一位著名的科学家说，只有第一，没有第二。第二名，也就是最后一名。

鲜花、掌声、金钱、豪宅好像只对冠军特别慷慨。不想当元帅的士兵，不是好士兵，这句话成了奋斗者的名言。冠军是唯一的成功者，其余的千百人都是失败者。

为冠军而活着终成为冠军的，固然极好。为冠军而活着终于没有成为冠军的，也值得尊敬。

一棵大树顶梢的那片是叶子，其余的也是叶子。不可想象，把其余的叶子抽落，只留那一片，树会是什么样子。

一座高塔塔尖上的是砖，其余的也是砖。不可想象把其余的砖抽掉，塔会是什么样子。

○有一个8∶2的说法。说世界上80%的人，占有世界20%的财富；而20%的人，却占有80%的财富……如此等等。这可能是事实。

接着又说自然界也如此。这可能也是事实。

又接着推导：这是一条规律。规律者，不可变。拿自然套社会，新宿命论出来了。按此推论，不要说佛的普度众生无法实现，就大多数人群而言，也只好重新迷信起来认“命”了，命里有八两，别去求一斤啦。

○新的都是好的，旧的都是坏的吗？不见得。

地球挺旧，太阳挺旧，不是没有还不行吗？

○一大药房，悬一条幅：祈盼世人皆康健，宁愿架上药蒙尘。

好像是从过去中药铺移植来的。愁眉不展来买药的，心受几许温暖。果真都不生病，医药从业者，岂不都要失业。产院希望有人生孩子，卖棺材的不惧死人多。卖炭的“身上无衣盼天寒”，下大雪就更好，有的皮草老板也欢喜。扫街的、交不起取暖费被停止供热的，恐怕就不那么盼雪了。去者顺风来者怨，人生活在矛盾之中，还有什么比理解更能给人带来欣慰呢。

○老翁年轻时，牙好。后蛀牙，觉进食难，不久习惯了。中年时，槽牙全坏了，觉进食难，不久习惯了。将老，上下对齿的只剩一对，牙齿几乎全军覆没，觉进食大难，不久却也习惯了。

您看，人的适应能力，有多大的弹性！弹性就是幅度，幅度就是空间。

○老太太爱清洁，家里一室铺地毯，一室地板打蜡。地板三两天就有朦朦胧胧的灰尘，地毯却清洁如初。外孙女不理解，其时她恰背《阿房宫赋》，就念念有词说：一日之内，一宫之间，而气候不齐，何哉？老太太说，地毯同样落灰，有毛你看不见。

看不见的，不一定就没灰尘。看不见的灰尘（比如 pm2.5）

就更让人不放心，也许会弄到积重难返的地步。(2002)

敲　骨

广告说，老年人应补骨。竟然咔的一声，敲断了一段腿骨。虽明知那是猪马牛羊骨，却也知道那证明的是老年人的老骨头不抗敲了。令人想到敲骨吸髓一词。

近几年又听收音机了。免得电视晃眼。往那一坐或者一躺，闭上眼静静地听，容易进入情境。但一如既往记不住波长，想换台就拨着找。

长了，发现了一个窍门，凡是这主任那教授，包治百病，花言巧语卖药的，都是地方台。节目换是换，由胶囊换上了丸散膏丹了。

附带还有一发现，卖药的男男女女，自称某教授，某主任。一个个口吐莲花，一句句委婉动听，一处处都是科学，一字字无不关切。只要大体符合骨、性、心、脑等范畴，他那里一药在手，无病不可治。比过去要把式卖大粒丸的可上层次多了。

谁要挑选嘴把式，就在此中选拔，再找不着更好的群落了。(2011)

无孔不入冠军

严寒：入叶即枯，入水即冰，着地立冻。君不见南极北极乎？

风：山河大地，海洋长空，我一动作，无不变色。雾为之散，云为之逃，埃尘旋转，遁无可遁。狼窝鼠穴，鸟巢蜂房，石隙土洞，充之塞之。窗纸之针孔我也能进入。

空气中的污染气体：生物之肺，植物之根，岩石流水，可有一样不被我制服？

资本：上天入地这些不说了，世上最好的地方最坏的地方，都有我的神奇妙用。要战争就来战争，要杀人血流成河。国王变阶下囚，流氓变金融大鳄。严寒、大风暴、世界污染背后都有我。

膨胀的私欲：资本说得有理。可是你从何来？没有我哪有你？

于是，私欲坐上了冠军宝座。(2011)

狼　　性

不见文学作品一窝蜂歌颂狼吗？

狼性高于一切。弱肉强食，自然呀。

人的私欲把理性乃至人类一切美好的东西，终究要踩在脚下？弱肉强食，适者生存，是自然界规律。

哲学家霍布斯说，人和人是狼。鲁迅《狂人日记》说历史书，字里行间写的都是吃人。那可是旧时呀。

三十年前，一位朋友的孩子大学毕业。谈起人生，就说社会人吃人。叔你放心，我不能吃你。当时接受不了，实在接受不了。听说过英国斯宾塞有社会达尔文主义，人类社会也逃脱不了这规律吗？(2012)

屯　　史

屯西，也就二里地，有平乐古城遗址。省文物局确认的。乡亲们称为城墙。传说金兀术养兵的地方。其实是运粮河沿河屯兵处。

千余户，三千父老乡亲。满族就有二百二十八人。

有参加解放海南岛战斗，参加北平和平解放入城式，抗美援朝复员的英雄。

满族风情大秧歌，有杂耍，正月十五“撒路灯”。五十多帮儿，一百多人，全是男的。拉衫的扭得浪，逗丑的拿着八步鞭，傻柱子打场子。在哈尔滨防洪纪念塔参加大赛。一曲《欢乐中国年》乐曲开始，《满堂红套句句双》《丰收舞曲》，喇叭锣鼓秧歌配合天衣无缝，欢乐了观众，获得头奖。

种玉米的经验，种黄豆的历史，曾经的豆腐村。搞运输，用生产队时期铁牛 55，后来用旧波兰车拉沙子。从开大挂运斩车，到 141 、高低板、大马力解放、欧曼大型运输车，搞物流，一下子进关，开到北京，远至乌鲁木齐。

四百多家养鸡，有自行车“倒蛋部队”。乡亲们说光靠种地太“小资”意识，于是，养大奶牛，龙丹奶业落户。

动迁。现在，成了新城。一切要从头再来。(2012)

农村随礼

20 世纪 50 年代大家凑份子，5 角；

20 世纪 60 年代 1 元；

20 世纪 70 年代 2 元；

20 世纪 80 年代 5 元；

20 世纪 90 年代 20 元；

2000 年 50 元，2010 年 100 元或 200 元。（2012）

最后一班岗

做姥爷的，伏在书记肩上泣不成声。

这是老陈。大学中文系毕业，老党员，征迁工作元老。不久要退休，却坚持要把棚改征迁做完，站好最后一班岗。

十八个拆迁项目。每个项目都是一大片。其中包括国际上也知其恶名的，日本侵略军 731 细菌部队遗址，那儿有个棚户区。

千余户！

诉求与政策标准，一般都有距离。缩短，接近，磨合。老陈凭的是真心实意，换位思考，体谅难处，帮助被征房主解决实际问题。

女儿从北京来电话，哭着说："爸，孩子想你。医院下了病危通知单了，再不来，就再也见不着啦。"

头脑轰然一响，人如坠入深渊。被摘去了心，被摘去了肝！

他不声张，不请假，咬紧牙关，把胶着状态的谈判，进行到底。

棚改办临时总支书记，立即去慰问老陈。

老陈说了一声："临没气时，她还想我……"趴在书记肩头，痛哭失声。（2012）

城郊小镇

温泉小镇，未见温泉。莲花湖因地势低，引水而成。夏天一湖碧叶，满眼粉红莲花。湖畔老人漫步，儿童嬉戏，汽车停着，车门洞开，借以纳凉。

想起去冬来看房子，湖内残雪枯荷的情景，心头别是一番滋味。

别墅建了一些，高档房也有几栋，罕见人与车出入。

倒是原来农场住宅区，很是活跃。隔三岔五忽然就响起鞭炮，入夜也不停息。送女接亲，生日乔迁都要热闹一番。吹打弹拉，二人转连唱两天，以飨乡亲。

湖畔广场天天有秧歌，放着高音喇叭。不老徐娘绝对多数，一次早晨去旁观，只有一位不老徐哥跟在队后，浑身上下颇不协调。扇子摆得也跟不上节奏。

放学后，楼前楼后便都是活泼泼的孩子身影，真诚的嬉笑呼唤，隔着几栋楼也能听得见。

妇女男人健康活泼，乘凉的拉家常的，高声大嗓，常爆发出一阵阵本色笑声。特别是女人，走路多见挺胸仰首，好像幸福指数比较高。吃穿城市化，工资虽不算高，以车代步的人家却颇不少。比起大城市里边的人来，欲望没那么大，所以倒也悠闲自得。

小贩们还有周边农家老太太，小市上卖菜，要钱多抹零，还遗留一些古朴厚道。有串着楼前后用小型农用车或三轮摩托卖豆腐鸡蛋大楂子粥的，楼上人家听见想买，缒下一只篮子，小贩装完货，必垂直安顿，楼上就吊上去了。

也有奇人。一是一位八十岁的独身老头儿，每早必骑赛车，戴头盔潇洒在小镇街道上绕上几圈儿。白天变为骑摩托去钓鱼。还一位是鼓手。一个堂鼓，一支鼓鞭，想起来就摆在路边，登楞登楞敲起来。不成个点儿，不成个套，不成个节奏。不过一般都比较慢，尽兴了，才会罢休。刚来小镇居住几天，往后也许还会见到许多有意思的事情呢。

空气总像洗过一样清新，白云悠然，天格外蓝。燕子较市区要多，成群在上空穿梭汇集。它们的窝多在住户的楼梯间，许多楼道单扇窗户，都特意为它们敞开着。我入户门左上方，就有一个小窝，是建在几条明拉着的电线上的。不过我入住后，已是它们南飞的时候，未曾见过它们的身影。无论如何要保住这个小巢儿，期待着明年它们如期归来。（2015）

十　情境况味　自然风光

真实人物

薇拉·潘诺娃："真实的人物，是在作者真实地描写生活、描写现实中创造出来的。"我相信。(1954)

抓 核 心

胡苏（长影作家）：素材像一团乱麻，要抓住核心。只用几句话就可说明白，这核心才算抓住。(1957)

眼　　睛

○她，瘦，如一枝待放的梅。

然而，两眼如怨如诉，全身心都体现在双目上。于是梅花绽放了。

○人感到无比幸福的一刹那，两眼恰如花开时。

○眼圈微黑，眼睛灵动，狡黠之美。

○脸如单抄纸一样惨白，下颏消瘦。太阳穴血管如雨天蚯蚓。眼大，眼白更大。看样子就知慢性病不是一年两年了。（1960）

露营条件

露营的先决条件，是有水源，可饮水。有水处一般是洼地。另一点，要避风，特别要避西北风。（1960）

惜　时

什么时候，才能让自己觉得无愧时间呢？

时间越抓紧就越多，越放松就越少。（1961）

精　力

人的精力是无穷尽的，只要努力地去使用它，而不是吝啬它。这东西是个贱皮子，越使用就越多，反之则越少。如果不用，它也就没有了。（1961）

惬　意

满身疲惫。但怀着完成一件工作后的快意和甜丝丝的感觉。关上办公室的门，通过一道电灯不甚明亮的走廊，吹来一股凉意。天上海岸线一般的云。疏落落的星星，好像谁一把撒上去的。想起小学课文，“青石板钉银钉”。上弦月，在深蓝的天空上，就像一顶闪亮的钢盔，在深深的海洋里徐徐浮动。(1961)

大水来了

暴雨连降。半夜时，铁道北的警报在暴雨中响起，很凄厉。早晨铁道北连栉房屋，只剩三四行了，其余都在触目惊心的白茫茫大水中露个黑房顶儿。

机修厂的塔拖拉大卡车上，拉的全是锅碗瓢盆，小箱小柜。还坐着落汤鸡似的一个小女孩儿。接着，道上牛车拉的，担子担的，还有背着大包的，逃水的成了队伍。

美溪地方，道北是区上，道南是局里。道南地势近山根，高一些，所以都过来了。这边积极安排，俱乐部，福利食堂，浴池，局机关办公室，会议室，都住人。

我被分到俱乐部值班。人们脸色像天一样阴沉，但看不出惊恐不安。俱乐部里比每次电影开演前，还要肃静些。

每到饭时，附近就有许多炊烟升起。(1961)

大水退了

山里雨急而暴，就发下水来，叫牤牛水。扫荡一下就过去。来得急，去得快，是个急性子。

人们脸色稍开朗些。

有两口子往家抬东西。看起来一岁多的孩子放在箱子上。孩子用小手抓着一股抬东西绷直的绳儿。

妈妈哄着："回家喽，好宝宝。"

牛车往家搬东西了。一口木箱，牛肝色，一面糊着《古城会》的年画，箱头上，还倒着贴了方福字。一口"锅化煤子"熏得很重的锅，里面放着盆碗。还有半棵大头菜，随着牛车咣咣当当的响声，挺悠闲地晃动着。(1961)

河岸·田野

渡河小船真平稳，像不动似的。白云在头上缓缓轻移。老渔者也悠闲。

登上很高的河岸，露水打湿裤脚儿，贴在小腿上，凉津津的。

远处的农舍，升起了袅袅炊烟，朝阳把炊烟染了些淡红色。

南行的火车，好像格外的慢。

有几头黄牛，在地边上吃草，不紧不慢的，也许在品尝露水草的甜味儿。

田地里，有三四个人，后期田间管理吧。他们起得真早，是想干一气活儿，再回家吃早饭的吧？(1961)

梦里童话

小时候，跟母亲去姥姥家。

挨城墙的一条道，向南走。一座有廊子的大房子。很古老，大灰砖的墙。还有深深的大门洞。白胡子看门人告诉我们，姥姥家搬后街去了。又悄悄说，人家传说，你姥姥家的子弟吃喝嫖赌。

走进一个院子，一个年轻人在挖地。一个十五六岁的男孩，瞪着眼，手持钢叉向我走来。我有些怕但不躲，还亮开胸膛。钢叉直刺，至胸口处停下。他们忽然友好了，让我参加他们的劳动。(1961)

盼望·煎熬

给哪个刊物写稿子去了，特别是人家告诉留下看看，我也就开始看报尾巴了，看什么？登没登刊物目录。（好像那时除了刊物目录，没有其他广告。）

心跳脸热，盼着自己稿子发表。发表时少，未发表时多。自己稿子没发表，看见熟悉的作者有名，自卑妒忌，激励发愤，情绪波澜起伏，总要主动克制才可过去。

所以有时对这广告，想看，又不敢看。

患得患失，是心的煎熬。(1961)

面子·里子

某招待所，想要体面些，又无实力。咋办？被面用不起缎子用假缎子。里边絮的棉花呢，质量不行，又不肯仔细从事，而是摊上就完。不久就滚了包。厚的地方一个包，薄的地方里子贴面子。

干面子活儿不行，不久里子就会露馅。(1961)

电影开演前停电

和妈妈去俱乐部看电影《百岁挂帅》。妈很高兴地跟我去了。

不巧，偏赶这么个当口，发电站出故障，一片漆黑。

大家等电，等得心焦。孩子们摔凳子，声如擂鼓，此起彼伏。有人吹刺耳的口哨，有人大骂，有人打碎玻璃，也有人不断打开打火机。

抽烟，点点红火像流萤。

观众素质如此，但也说明人们对文艺作品的渴求。

使我想起1957年，伊春电影院门前，排长蛇阵买票的情景。又想到创作的人，如对观众、读者不负责任，不是强盗，也是谋财害命。(1961)

街因月儿宽

淑珍说：美溪街道，无月显窄，有月显宽。(1961)

拭　花

车厢的悬几上，有一盆枝叶娇绿的红花。似微有灰尘。有乘客用手帕，轻轻擦拭。(1961)

弥补也难

纠纷难弥合。就像开化前河里的冰，裂开的那道缝。冻也冻不

上，挤也挤不靠。要弥合，除非重新来过，冰化成水，水再结成冰。（1961）

走　相

○沉着，步伐稳而阔大，两手插在上衣口袋里，胸有成竹。

○步子细碎，轻，像野鸡溜子，聪明机警胆小。

○高跟鞋走出节拍，爽快的女性。

○姑娘见人，特别见潇洒小伙子，端架，脸板下来故意不看人，脚步与平时不一样（好像不会走了）。

○两人有心事，对面遇上躲不开，“向住”了。

○老人走路颤颤的，小腿像段木头，拖着。

○小脚妇女，走起来前仰后合，走两步退一步。

○刚学步的孩子走路，还让大人着急担心，伸出手去，嘴里往往拖长声音说，哎哎。

○冷天衣单薄的格外走得快，抱膀曲背低头，穿狐貉貂的、温饱的就说：“腊月的花子赛走马。”

○得势而无德，挺胸扬脸，旁若无人。

○流气小伙，帽子外一绺头发，两手插裤袋里，吹吹口哨。（1961）

三万六千五百天

许多事物没有永远。说永远只是形容与期盼。太阳没有，地球没有，人更没有。人寿百年，也只是36500天。旷过一天，就

是把自己杀死一天。每一天都应不白过。保尔回顾一生，不为碌碌无为而羞耻。一生可是由每一天组成的。(1961)

清　　新

下班。一出门，明月东升，天蓝似水。月光在雪地上漫溢。周围群山轮廓清晰，一切如此安静，空气自己溢进肺部，流满全身。整个人都像这空气一样清新了。(1961)

河谷柳林

夏天，山谷里，有时一点风也没有。大太阳照着，草木的呼吸都是热烘烘的。在河流两岸流送的工人，走上沙滩，沙子像锅里炒过一样，烫脚烘脸。下到水里，空山水又扎骨般凉，太阳下没处躲没处藏。

嗬，前面河滩上有一片柳林。绿葱葱的，凉风从心里吹起来了。大家加快脚步，凉风就来接你。

柳林给人撑起一把绿茵茵的大伞。柳树棵棵都有一尺多粗。枝叶微微摇荡，袅娜多姿。林里还有青苔。像一张提花毯，随着石头的高低铺开去。人们脱了胶鞋，泡得发白起皱的脚，也解放解放。地上看上去绿绿的湿漉漉的，踩上去却是软软的，干松松的。

除了流送的人，柳林很少有人看见，命运与深谷幽兰相仿。(1962)

于　　嫂

起早去打牛奶。推开屋门，一股热气牛气喷面而来。于嫂还没来。

我出了门，向东望。因为她家在东边。

这地方比较高。东面一片白茫茫雪原一览无余。局体育场上刷着蓝油子的检阅台，很醒目。一条南北小路，弯曲的小路，有一两个早行的人。再远些，星散着几十座茅屋，陆续飘起炊烟。

等于嫂在晨曦中，从那一排小杆障子走出，陆续来打奶的大些的孩子，就欢呼说，来啦来啦。可不是吗，白兔毛的帽子，披着一件大衣，她急匆匆地来了。

如是夏天，这片地方，草好，绿油油的。那几头奶牛，为了躲避阳光，时常钻到台子底下去。有一回，那头一挤奶就要撒尿的小奶牛，说不上怎么弄的，尾巴夹到两根桩子之间，硬拉又疼，只好扭来扭去，扭断了。于嫂疼得心乱蹦。

她的家，在新社会算是特殊的，一夫两妻。据说，在她姐姐生孩子时，她是来给做个饭的。别人说是“打掌子的”，把那个事也给“打”了。生米成了熟饭，也就那么过了。

于嫂追求爱情不顾物议和指指点点。泼辣中带着羞涩，劳动麻利。好说好笑，有时还哈哈大笑。(1962)

卷 地 毯

一位老支书，进城看望老同志，这老同志现在是位部长。

一进屋，他见地毯很鲜亮，就卷起来。走时，部长将地毯打开，一定要他在上面走。他走过去。回头一看，有一溜脚印，他不好意思，回去退着抚平了，这才在门口告别。（1962）

晾着的书兜

旅社后院，晾着一些洗过的白褥单。其中有一个书兜。一片白刺刺的褥单中，一点绿，醒目。

这书兜，是洗衣人给旅社洗的？

给自己孩子洗的？

给领导孩子洗的？

给家务多孩子多的女同事洗的？

大事见人心性，小事也可见人心性。（1962）

突变之前

暴风雨之前，往往是平静的。

战斗之前是寂静的，人紧张。

炼钢，钢在温度较低时，是琥珀色，高温就白了。

突变，酝酿在平静中。（1962）

绥化一条僻街

不直不宽。也不平整。

像一条黄色的带子，有人一抖，落于白雪中，沟通了县郊与田野。两道车辙，是昨天微微开化夜里又冻上的痕迹。

骑自行车的人们，有女工，棉衣外面套一件工作服。头巾或红或绿，在晨风中飘抖。一位穿油渍渍工作服的小伙子，帽子俏皮地戴在前额。还有一位穿中式棉裤，叼着短烟袋的骑行者。

车子和人，起起伏伏，像在波浪上行进。

大多是往城里来。

路边上，时而有一两堆煤灰渣，可能是垫道用的。

路两边，电线杆挺密。

电线上，挂着几只双鱼的或豆腐块的风筝，悠悠荡荡。哪里知道，它们的小主人们，梦里也许正惦着它们呢。

路东是一带树林。林中，有座尖顶礼拜堂。（1962）

生　手

小列车员接班，见到列车代表，从过道奔去。还回头望前班的老列车员。目光里充满希求。这感情微妙。一个人乍参加工作，独立操作，情绪复杂，希求别人帮助，又怕别人帮助。（1962）

春夜觉天厚

白天化了的雪水，又结起冰碴，穿着皮鞋，冰碴儿响得格外脆。

“你仔细看天。”淑珍说。

我只看见灿烂繁星，深沉大海一样的天空。她又说别总往一处看。天很厚，还很低。

可不，厚得低得像要压下来，但给人一种柔柔的快感美感。(1962)

黄　叶

燥的东西，外表看着完美漂亮，实际，极其脆弱。比如黄叶。稍一加力，断裂，再一加力，碎成粉末。一物干了燥了，就离化为他物的地步不远了。能不慎之！(1962)

山雨后

春雨不紧不慢下了好一气。说不上什么时候，天上的云彩归起堆来。缝隙里露出一条一块的蓝天。蓝得实在可爱。

靠近西边的薄云，薄得像一层糯米纸。一束金瀑布样的阳光，从云隙流洒到青青的山上。山坳处一团团白雾，疑是梨花放了，细看还缓缓飘溢，才知原是雨后的雾。(1962)

雨中忆雨

春天也有大风雨。淑珍连忙关窗子，说要把门闩紧些，夜里免得被风吹开。

一说吹开，忽然想起小时，家住太平川屯时的一次大雨。

一直就打着磨盘雷。好不容易睡着，却突然醒来。霹雷闪电，雨声如潮水般涌来。家屋为厢房，西、南均有窗。南窗先被吹开，啪嚓摔在地上。东炕上炕着谷子，雨像瓢泼似的浇在上面。妈连忙抓住西窗，哪里抓得牢？暴风大雨涌进来，西窗就像有一股不可抵御的力量在外面拉、从里面推。窗飞到外面去了。面板麻袋扁担板凳都上了窗台。我哭没？记不得，好像我不会哭。但妹妹惊慌号哭，令人难忘。

第二天屯里传出种种神话。说李二魔怔的大小子，正睡得好好的，一个霹雳一团火从东山墙穿过来，从孩子腮上擦过。一片庄稼地磨磨好大一块，是孽龙贬落，它不甘心，又挣扎上了天，雷雨是来接它的。还有的说，这磨盘雷，是寻找蛐蜒精的，蛐蜒精变个小人儿，蹲在一棵树上。一来雷，他把手中的破布一晃，雷就打不着，那破布是妇女用的埋汰东西。又说一个奉仕（青年准劳工）宿舍，进去一个又黑又矮的小人，手中双锤一击就雷声大作。

巴彦县天主教堂上的十字架也给劈了下来。(1962)

烟民说好烟

林区抽烟不用烟袋，撕一条纸，卷蛤蟆头、亚布力黄烟，那烟味辣劲冲。吸一口脑袋嗡一声。生手儿，还得咳嗽，脸红脖子粗。好烟得气味醇美，不燎嘴。几口之后，可以软得两头扣一头。表明无杂质，湿度合适。(1962)

嬉笑怒骂

有句话说，嬉笑怒骂皆成文章。或嬉或笑或怒或骂，那得都是真情实感。真爱和真憎。先害怕，才有惊呼，真高兴了，脸上才开朗，笑声才清脆。这才是文章种子。无情便无好文章，更不能假作有情去硬做文章。(1962)

情感从何而来

情感从何而来？从生活中来，从实践中来。一泓池水，不投一块石子，不会荡起环环涟漪。(1962)

衣着配身段

衣着打扮得配身段来。矮人穿长衫，瘦人穿肥褂，那就不协调。高挑姑娘梳长辫子，愈发显得窈窕。反之，则得不到好效果。内容决定形式。形式也不可忽视。光有个好身段，没有相配的衣着打扮，也显不出美来。(1962)

感觉会夸大

坐在火车上，车旁柳树骤然扑面而来。石壁上巨石，好像立即碰到头上。结果是，脸与头无恙，树与石从耳边一划而过。(1962)

谷中暴雨

山谷中暴雨，从远处猛然望去，却是万丈水头，天地一笼

统，从两山间汹涌压过来。心为之狂跳。（1962）

车窗山水画

夕阳下，火车西窗外的小兴安岭山水，映在窗上，活是一轴山水，框住窗外山水（李渔曾将窗户改作木框，车窗山水画）（1962）

吸　　烟

○撇着长烟袋，口涎流在下巴上，眼皮不撩，颤颤的，是农村老太太。

○短烟杆大烟锅，烟荷包系在烟杆上，蹲在墙脚，右手搭在左膝上，左手擎着烟袋，烟袋插在毛烘烘的嘴里，是四五十岁的庄稼人。

○在缓岭（小兴安岭一小镇），看见一个因没车票被赶下车来的白发老人。六月，身着开花棉袄，棉裤有的地方只剩裤里，用绳子绑了起来。颤巍巍拄一条树枝，脸上褶皱有泥，到贮木场要饭，声音颤抖。在车站吸烟，向人要的，卷得有手指粗，两次进屋对火没抽着。又向人家对火，人家嫌他手不干净，拿着让他对，还是没对着。

○将烟卷点着，尖着嘴来抽，没抽惯洋烟儿，偶得一支的老人，倍觉珍惜，吸法如此。

○烟卷衔在嘴角，斜仰着一点脸，二流子作风。

○手上忙着，怕烟熏眼，必嘴角衔烟侧头斜眼。

〇左手拿透红墨蜡烟嘴儿，慢慢咬在嘴里，右手伸在左腋下，脸微微仰起，严肃傲慢，自得悠闲。绝非工农。也非有德才者。乃旧社会下层职员，为了吃饭，见上弯腰低头，见平民百姓腆肚仰脸，用鼻子尖瞄准者流。

〇尺半长的乌木杆，玉石或浆石嘴儿，吧嗒吧嗒地抽，吐唾沫练得能使嘴唇射出一条细线，嘶的一声，水枪一样打远儿。是过了三十岁妖妖道道的农村女人。跳个大神，保个媒拉个纤，游手好闲。

〇用粗大拇指、食指捏着烟，进屋或干活前狠吸几口，烟头扔地上用脚踴灭，就动手干力气活儿，恨活儿，不偷闲，不惜汗水的劳动者。

〇吸烟急而狠（一口接一口），有时卷的“喇叭筒”吸狠了起明火儿，随便吹灭。性急，火暴，爽朗，侃快。否则，性格相反。

〇手指瘦长，烟熏得发黄，烟瘾重，体弱，落魄小知识分子。

〇食中指夹烟，极熟练，打火机用得灵，能吐一串烟圈，多为有些文化的职员，机灵，狡黠。(1962)

杨　苞

三两天未出疗养院的楼。傍晚，顺小路上山，穿过二人高的杨树林，不觉吃了一惊，那枝头上，竟是杨苞累累了。在夕阳下一片淡淡的红色，也不似前几日青石雕成一般缺乏生气的样子。折一小枝一闻，凉沁沁的清香气飘进肺腑。那小苞里，有一层红色的嫩皮……（1962）

蓄水湖

创作的积累，像一个蓄水湖。它不断接纳涓涓细流的馈赠。平时，平静得出奇。清澈见底，似乎没什么力量。一旦打开一个缺口，就一泻千里。平时蓄水越多，力量越大，流得越远，气势就越磅礴。(1963)

壮美暮色

起于南山，暮色润进裹着白雪的山岭，渐渐地不知不觉地四下流去。

回望西北，近处的山头是黑的。渐次远望，颜色越来越淡。日落处天被融为蓝色。苍茫迷离。

胸中便有壮阔感觉，渐满、渐溢。(1963)

恬　静

○低矮草房。

敞着房门。

可见一系白色围裙的女人，在锅台边忙饭，轻盈灵活，弯腰的曲线很美。

○屋外，孩子在篱笆前，看行路的人。

○女人出来招呼孩子吃饭。

夕阳一片，一抹橘红照亮她全身。微笑，两手在围裙上灵巧

地抹着，眼神安详极了。(1963)

村路斜斜

疗养院在半山腰。山下有一沿着山脚修起的村落，但家家房子朝正南。夜里灯火错错落落，挺好看，一条村路却是斜着穿过。

路南的房子，东北角对着路，路北的房子，东南角向着路。这种情形挺少见。

紧西头的房子，窗前接出了一座玻璃顶棚子，以便于冬季种些鲜菜。看来，家里有会过日子的主儿。(1963)

月夜气球

气象气球，月夜升起。渐飞渐高，被吸入深蓝色夜空，去到群星中做客。明灭间，会上升很高一段。一会儿，与星星一样大小一样闪烁，后来，就都变成了萤火。(1963)

透 明 月

太阳未落，月亮升起。这时的月极白而且薄，有些透明。(1963)

印象作用

对一个地方的一些人，有好感，会扩大化。见到那儿的人，

亲切感油然而生。相反，对接触过的某地方的一个或几个人，印象不好，也会以偏概全。（1963）

癔　症

疗养患友中，有位中学教师。他的病是惧怕埋汰。

洗澡，总觉得洗不净，反反复复，能洗一天。

出恭恰遇有人淘粪，他怀疑溅到自己身上脏水了，连忙去洗。预防为主，干脆到山上方便。

不坐凳子，怕别人坐过，脏。

进门挨门框，稍一碰上，对衣服又扫又吹。

不往痰盂吐痰，怕别人唾液溅身上。

他明知太过，但不这么做心里就受不了。据说，他小时很受娇惯，又太软弱。（1963）

云雪齐落

雪嫌自己下得慢，拉住满天的云，一股脑倾泻下来。顺着风扬起云雨雪的浪。一浪推一浪，白茫茫的，令人见而生畏。雨后雪，也许是这个冬天最后一场。（1963）

如何变得不平常

很平常的地方，发生了不平常的事，这地方就跟着不平常了。

挺平常的房子，住上了不平常的人家，也就超脱了平常的行列。

挺平常的人，与不平常的人有了密切关系，也便被提升起来，看着也不平常了。(1963)

预期的力量

很近的道儿，到家了，就觉得没力量了。

可见，目标越远，心理上准备的力量越大越足。(1963)

天　瀑

夏天。云缝中漏下来的光束，是光的瀑布，可叫天瀑。(1963)

初春月夜

雪未化。月光一部分反射回去，融入夜空。四周半透明，朦胧如毛玻璃。越近天心，蓝得越深。(1963)

不健康的手指

苍白细长而无力。就同从马铃薯上生出来，未见阳光的嫩嫩的芽。(1963)

石 如 羊

忽见南山下有一群白羊。再一看，都不动，原是白色石头。(1963)

见微知著

一叶知秋。人的一句话，应该看到一个灵魂，何况一个细节呢。(1963)

鸦鸣联想

今天，听见老鸹叫，忽地就想起家乡春天的草地、田野与白杨树。想起农家的敞窗亮门，鸡鸣犬吠。(1963)

难忍之烟

○工棚子一般烟都很大，尤其是冬天。大到何种程度？对面谈话，脸都显得模糊。原因是烧大块柈子，空汽油桶放倒当炉子，开的口大，炉筒子安得马虎，既燎烟又漏烟。山沟里窝风，烟流不畅，气压低还憋烟。怕冷，大家都不愿意通风。还有，工人师傅吸“蛤蟆头”，包脚布子酸臭，烤煳了还冒烟。

○小时农村土炕犯风，早晨我还睡着，妈就做饭，黄烟从炕面缝子冒出来，熏得我昏过去，其后，格外怕烟。

○在呼兰结核病院住院几个月，空气清新，习以为常。出院返回林区，上火车不久就呛得虚脱，脸惨白，身出虚汗心狂跳。车上吸烟人太多。

到了528林场，单位照顾我，睡工会办公室，火墙冒出的辛辣的湿木柈子烟，也还是一宿得出去几次到院子里呼吸新鲜空气，痛下决心，才坚持住下来。

○同事李志璋，在绥岭劳动锻炼。半夜睡着忽然觉得一股烟从鼻子钻入大脑。忽一下子起来，照着玻璃就是一拳。（1963）

海容纳也拒绝

百川归海，海欢迎。涨潮，你扔个什么东西试试，它拒绝。这是海的性格，海的品格。（1963）

不离本性

人说，三句话不离本行，我说，一句话不离本性。无趣味的人，尽唠没意思的事。（群居终日，言不及义。）（1963）

猎人哲理

老猎人，教导他的徒弟：

○“家雀会飞，猫不会。猫能抓住家雀。”

○“鼻子离嘴那么近，人扒饭进嘴不进鼻子。”

○家太穷，年轻猎人枪沙子和火药打不起，打算放弃。最后一枪，打了一只兔子，这职业才继续下去。

〇黑小子（黑熊）扑上来，扒去一只鞋。他扔捆树枝子，黑小子奔过去，才来得及补一枪。

〇猎人观察摸索的结论是：黑小子（黑熊）有警惕，它一般不过猎人在雪上留下的脚印。于是，猎人先绕着它走一圈。黑小子就上当了，在这圈脚印篱笆里转悠。什么时候上了准星，猎人才搂火。(1963)

夸张中的诙谐

一位老干部，讲臭虫多：多得能把人抬起来。

说苍蝇多：吃饭时，直劲儿抢饭，也不知它们有多少定量。

说苍蝇的准备姿势：站在菜盘子上，拉开架势，好像个长跑运动员。(1963)

内心笑收不住

该收收不住，是发自内心的笑，真笑。

笑脸展开得很快，说收，无过度，就一点笑意全无。这不会是天真的笑。说老练，也不见得。总之给人一种假的感觉。(1963)

是沟是影

电灯光照得电线杆的影子印在路上，边沿齐整，很长，猛一

看像条深沟。（1964）

林梢上的月

光从高高的杨树林梢头溢过来，林木轮廓映衬得极清晰。逐渐地，清光似水，涌满了林子。真静。（1964）

炉盖语言

林区少有暖气，家家烧火炉。

炉盖约一公分厚，生铁铸成。同心圆四圈，圆心像只碗，碗底中心处留一小洞，可以看火，也可插入炉钩，把所有炉圈分次或一次挑起。

炉盖的颜色、状态，就是炉盖的语言。它可以告诉主人炉子烧的火大小。烧红的时候，火星子可以飞舞跳荡，好像是它的手舞足蹈，高兴啊。（1964）

拖拉机的六年

小兴安岭林区，大树采伐后，打去枝丫，叫原条。往山脚下运叫集材，这活儿都是在冬天干。

冬天山冻得像铁似的，大雪一覆盖，很滑。用牛马拉，叫倒套子。20 世纪 50 年代中期，从苏联进口嘎斯拖拉机，烧一寸见方木块，集材就用它了。

再后来常年作业。咱们生产了“东方红”拖拉机，马力大了，四季都集材了。一走两道沟（履带压的），一磨磨一大片（转弯碾压），地表遭到不少破坏。同时拖拉机也费。

一位老拖拉机手说："拖拉机头三年将就人，后三年人就得将就它。"（1964）

念头轨迹

第一个念头，跳到第二个念头。

两者有什么关联？为什么没有跳到另一个上面去？有无轨迹可循？如有，每个人都和别人不一样。（1964）

车窗外的草原

尽管是山边子，这一片草原也应该算广阔。绿得像云。三楞草要成熟了，在绿云中点缀着几许浅黄条带。点点闪光的，是沼泽。有小鸟飞掠，阳光下，它们的白肚儿一亮一亮。有大群金黄纹的黑马莲（大蝴蝶），飘来飘去。

流出铁路涵洞的小溪边，几位妇女洗衣。红黄白各色衣服，晾晒在草梢上。

一个五六岁样子的男孩，光着身子，指画着火车。是在数有几节车厢吧？（1964）

督军公馆

东总布胡同22号，是作协原办公地方。现在是后勤的招待所之类的去处。

原是外省某督军的在京公馆。青砖门楼，红大门，门前有石狮子。门房一排，两侧厢房，有游廊。大门正对拱形垂花门。垂花门里有山石和盆栽。五间平房，报到即在此处。厅内静而雅。挂几轴齐白石的花鸟。有人领我进右边的套间，一套古朴的沙发，两只玻璃茶几。后院的果树透出新绿，鸟儿们正唱得高兴。

院落二进，是个洋不洋中不中的二层小灰楼，是主建筑。我们就在此集会。干净肃静清净。主要参会者，如沈阳军区的杨大群，上海张英，天津王家斌等，也住此。

再后面，是厨房和饭堂。在此吃过一次小站大米。喝玉米面糊涂也是头一次。开始觉得澥口，后来觉得味虽淡却悠长，也养胃。

还有个东跨院，有一栋青砖青瓦的小楼。

外地督军老爷，在这天子脚下，还有这么宽绰的房子，地点离长安街还近。在任所更不知要豪华到什么地步了。尔食尔禄，民脂民膏。他们的禄，能多到如此流油程度吗？他哪知，现在给文学工作者用了。地下做鬼，该督军岂不气个倒仰？（1965）

社会二弦琴

有老人，眯着眼说：社会林林总总，人生繁繁杂杂，总不过是个二弦琴。一根是利我，一根是利他。

有青年反驳说，不可以说一是男，一是女吗？

老人闭目不语。（1978）

磨　　损

仰望石磴，蜿蜒钻入深林。复出而直上，渐入云端。

一个现象：下面的石阶，平滑磨损，担心滑倒。愈上，愈觉脚下凸凹。顶端，几如新凿，只是经了些风雨。

磨损的农具工具。

几乎磨穿的户限。

岸上耸立的，没被海浪扑倒的岩石。

海岸上的沙，那样黄灿灿的，真美。

它们默默的，却分明向我耳语什么。有多少经历与苦衷？有多少回肠荡气的故事与诗意？有多少警示与哲理？（1978）

天上指甲痕迹

太阳隐去不久，西天灰蓝色。其后面一弯月牙儿，隐隐约约，不细看，会忽略的。

哪位巨人，轻轻掐下的指甲印痕？（1979）

凌　　晨

路灯惨白。几条人影，后边人影的头部，踩在前边人脚下。冷饮店，冷调子招牌。大门洞很黑，门扇不情愿似的，吱扭扭地响。（1979）

兴凯湖之冬

○山岗下行驶。久久的，都是山与树。前面山岗出现一个缺口，忽然一片白光耀眼。似乎高出山岭，冰的湖面。

○一万堆雪，洁白，飘忽，浪花的雕塑。

○近前，冰堆跌宕，如水晶林。人隔冰堆对对话，相互清晰可见。

○一块冰，摔在湖面一声脆响。接着，向远方传递，咯，咯，咯咯，连着响下去。担心裂开，却舍不去那感受到的美妙。像孩子越怕的东西，越要探索一样，细细谛听。

○松阿察小河，河口冬天不冻，湖的呼吸孔吗？散发热气，雾茫茫，脸上潮潮的，不甚凉。两岸的松枝上，结了雾凇，与吉林的一样，白璧无瑕，只是气势小了一点。

○结冰不久，还薄呢。“宁走封江一寸，不走开江一尺。”轻轻不停小跑过去，河冰咯咯响着，那是逗你玩哪，都使出“轻功”来，过去喽。

○汽车在沿湖沙滩上跑。觉得比柏油路还要平稳。

一边是湖，一边是山。

一群白鸟，在沙滩上空飞旋。见汽车追赶得快，便折了回来。一折身时，白光四射，朵朵银花一般。(1979)

贝 加 尔

母亲唱过《苏武牧羊》，我囫囵半片地（不完整）学唱。一句是“渴饮雪，饥吞毡，牧羊北海边”。后来读书学地理，知道东海南海，怎么也找不到北海。渐长，看书多些，知道北海就是贝加尔湖。

原为突厥语，意为水产丰盛的湖泊。汉称北海，元称菊海，清入关前也叫北海。《异域录》叫柏海儿湖，《大清一统志》叫白哈儿湖。想均是语言翻译变音的结果

怎么个雪地又冰天呢？清早近岸，冰裂有巨响，声如巨炮轰鸣。湖面升云，湖中有清沟（最冷时也不冻）。冻冰面崩坍，会架起冰墙。冰面上马蹄发出嘚嘚声，雪橇前进发出响亮的空洞的声音。再往前，雪橇经过会有巨响，要加快速度。

本地生活着鞑靼人。湖水会把一种满是脂肪的鱼抛上岸，却没见过活的。还泛上沥青。有海豹。(1979)

两层天空

傍晚，茸茸的春雪，终于无人欣赏，也厌倦，停了。

仰望天空，灰暗的云的上边，湛蓝鲜亮。天空分了两层。(1979)

黄鼠狼打食儿

黄鼠狼急追花鼠。花鼠上树，回头吱吱两声，晃动毛茸茸的大尾巴，吓唬对方。黄鼠狼竟然也能上树，穷追不舍，尾巴耷拉着。

花鼠跳到下边树枝上，黄鼠狼也跳下去。花鼠躲到树枝细

处，黄鼠狼追到，突然晃动树枝，花鼠无防备，掉下去。黄鼠狼一纵身跳下去追，尾巴摇动，在空中就捕住花鼠。

落地后，叼着花鼠就跑。草棵子一晃，不见了。一个小生命，经过多少波折苦难才长起来？没了。（1980）

将冻之河

缓慢呆滞，灵动、活泼、汹涌，都离它而去了？像一条冻僵的蛇。

气温跟河的流速有关系吗？其实，只是一个错觉？（1981）

绝崖夜雪

从大桥下来，行百来米，忽见北面横亘雪岭，直入朦胧夜空。

行近些，似为是巨石砌成的城墙，但凹凸狰狞。

再近，可看清原是断岭绝崖，突出之处，落满了雪。

近山脚仰视，大有迎面移来，步步紧逼之感。

白日再看，不过是岭上废弃采石场，加上斑斑积雪而已。（1981）

松子历险

○红松树是小兴安岭最好的树。而别的山脉很少见。据说全大兴安岭，就发现一棵。要不怎么说伊春是红松故乡呢。

红松又高又大又直，枝丫多在树头，树干上节子少。傲雪迎风，是正派、气势、气节化身，古人多有称赞，说它是岁寒三友之首。一成了片，便是万顷惊涛，磅礴得谁见了，谁觉得胸内豪气顿时充盈。

站着顶天立地，躺下百年栋梁。三百年成大材，造福普世苍生。

○它来自一粒小小松子。楔形，极硬。一棵母树百年结籽，三年两熟。千天结实两次，要经历多少狂风暴雨烈日严霜，虫害病害？松鼠靠它活着，野猪黑熊视它为珍馐，人说吃它延年不老，还有大些的鸟儿也喜食不厌。你说吧，有多少双眼睛盯着它，而且馋得直吧嗒嘴？

○虽是松塔累累，籽粒万千，可难得有三五棵成为小树的。即便侥幸发芽，如果没有阔叶林为它遮阴，适合土壤供它营养，也会三年青两年黄三年见阎王，枯萎而死。

○但它在生生死死考验中，练就了生存本领，延续了种族。

比如说，让鸟吃了咋办？它坚硬的壳保护它通过肠道。鸟儿飞得远，带到松林以外，便出来，就地生根成树，利用了贪吃的鸟，还给红松家族扩大了生存地盘呢。

松鼠吃它，也是帮它。因松鼠秋天要把许多松子埋藏起来，以作冬粮。一旦剩一些，忘一些，小松树也就在新的地方长起来了。

孩子们对松子历险可能会感兴趣，从中认识生活，受到激励吧。(1981)

航龙江所见

○江蛾子。灰色，长才二三分，却有两条长触角。傍晚时分，江蛾子如条条缕缕雾气飘动。说是再过些天，漫江会像大雪一般。

夜晚栖息树上草丛。早上再看，白拉拉一地，寂然一层雪一样。全死去了。

船员们说，蛾子寿命只有一天。

为了这样鼎盛的一天，群体准备了几亿年？个体大约也要从卵到虫到成蛾子这个正果，也要付出长于生命365倍的时间，还得经受住风雪困苦。

○长脖子老等。“东方红”号过逊克（奇科）百里，江北浅沙滩上，点点洁白，纹丝不动。终于有飞起的，才知是鸟。它在不远处降落，忽觉水深于腿长，赶快扇动瘦瘦翅子，落于深浅适度的去处。然后又是入定一般的静，修炼一般地等。

是鹭鸶吧？我们小时看它们伸长了脖子与腿，节奏很慢地掠过长天，充满各种想象。妈说，那是长脖子老等。

只是一个静静地等，也能果腹，大自然真是恩泽万物。

○明沙。落日后，偶至甲板上舒散筋骨。见江水近处暗蓝，那边暗红，由一道顺江黑线分开，好看。这黑线，大约是明沙吧？

○网鱼。船上水手们，要趁着“东方红”在奇科停四小时的机会（凌晨2时始），把小艇开到东套子网滩，撒网插挂子。汽船关闭机器。晨曦曚昽，小艇欸乃摇去。岸上走着两三个人，不时打招呼：能不能撒网？倒开网！

○船头儿。五等舱六七人，四等舱只我自己，后又来一青年农民补票。舵手守船，四十多岁，胖子。“我告诉他们三点以前回来。”显然是说这条船，他掉头。也是安民告示，让大家安心。

谈起收入，说航运局冬天只给他们开 75% 工资，“好啊，修船时，一层层刨冰，没人去干了。”

岸上一片树丛，鸟儿鸣啭。“这儿鸟早起，一放亮就叫。”他说。

江水有泼刺声，他打个手势说“听着”，意在听鱼。

○鱼休息。一个小时后，纤回小艇。女服务员对舵手说：“今天鱼休息。”舵手说：“过过打鱼瘾吧。”七长八短，打来几条鱼。其中有条鳊花，斤把重。

○致意。对面开过来的船上，水手都光着上身。当兵的，穿救生衣。常有他们的旅客招手，或学中国人抱拳过头致意。觉得内心里一片明朗。

○戏水少年。对岸孩子们，爬上江边的树，跳到江里，顺流挺远，才冒出金色头发。头发一甩，水珠，闪亮。浪花，也闪亮。

○海兰泡。布拉戈维申斯克，原名叫海兰泡。货船吊船不少。岸上也有吊，在火车道旁。

星期天，孩子们在老师带领下乘气垫快艇游江，红领巾飘飘，女孩子的金发飘飘。

沙滩上，游泳休闲的人不少，但不拥挤。各种颜色鲜艳的大遮阳伞，显得金色沙滩更为明丽。

他们的客船真快，刚见远远冲起浪花，立刻到了眼前。翘首，似船身离开江面飞过。

但也有巡逻队的“小江兔子”，像只鸟，浪花是它长长的双翼。

远处高高的电视发射塔。

晚宿黑河。江对面的灯火照明一大片夜空。(1981)

大 委 屈

明明你说的全是对的，明明你全是为他好，你劝了说了争了，他反而动怒，对你嘲笑甚至攻击。这种痛苦是绞心的，是人间最大委屈。过去那些事实证明是对了的死谏之士，就是如此。(1981)

信，不信

他等公交车，半天不来。曾误了事。以后就不信它能正点了，一两站地宁肯走着去。说什么也不如自己的 11 号（腿）有把握。

不过，原来他是谁都信的。(1981)

风起青萍之末

《哒哒本生》，让人警醒。

以讹传讹，可以使一缕微风，变成狂风。传与变，都有其来由，有其空穴。(1983)

依　　存

强者一个不经意的言行举措，会影响弱者的物质与精神生活，甚至影响弱者命运走向。

从未见强者恒强、弱者恒弱的事物。

矛盾转化，矛盾方面向对方转化。雨滴繁露与小溪江河，小溪江河与大海，大海与天地，相互依存。（1983）

空　　谷

〇空谷折行，山峦远近不同。一声重重敲击，引起山峦曲折回音。

“咚”，近的回声最快，几与敲击同时。哪是敲击，哪是回音？接着两“咚”重叠，再次错杂混乱。分不清是哪座山峦回复的。最远的，回答的声音最低，也最慢。它为什么懒洋洋的？

它们的呼应，都是纯真的。

生活中，不乏此类现象，由此被冤枉、误会、误解的，正不知几何。

〇小石改变了大石的历史。山坡大石头刚一滚动，“掩”上一块小的，滚动可能停止。不挡住，越往下坡滚越快，越有冲击力，甚至造成灾难。

有人递烟，接了，下次就是酒了。

慎初！

〇凡讨好，就是给自己讨实惠。不自然地向你笑，庶几就是有求。

你有那么多实惠可给吗？

〇小溪，滋润它流经的土地。野花碧草大柳树，都因它的路过，绿意盎然，生机勃勃。

但它天天流过、擦拭的石头，失去原来的棱角。

大火路过呢？

〇正午的阳光也有影子。只不过它躲在你的脚下就是了。(1983)

选彩石

来这里聚会的作家们，午饭或晚饭后，到海边选彩色石子。看似低头寻觅，实际上不自知地投入美的境界里了。几个现象引起思索。

盯着脚前的沙子，一步步搜索，披沙许久，没有找到可心的。叹息着要往回走，收起沙滩上晒干的短裤。惊喜，一伸手，捡到一块石王。

各人选的，绝不雷同，一人的一个特色，绚烂，沧桑，古朴，艳丽，大的小的畸形的，各有所爱。选的时候，就有一颗求异的心在前。

收获物，在海滩上看着平常。回来以后，服务员等本地人都说好。善意的鼓励，还是被拾石者的名声加上了砝码？

彩石埋在沙中几亿年，经过了多少山的崩坍，火的烧烤，水的雕琢？给冲到沙滩上，又经过几回沧海桑田？等到了今天，成了书桌上的清供。

其实，它们又何曾等待过呢。（1983）

追　随

○海上蝴蝶，追逐浪花，彩虹跳跃在它们身上，美丽得让同类们钦慕。汪洋一片，它们的目标在哪里，还有返回草木中的余力吗？

○旅顺城郊，却也热闹。一匹小马驹，低着头，孤单地嗒嗒地走。几里地内，看不见马也看不见车。它走向哪里？

○戴着脖套的羊，跟着陌生夜行人走，那样信任与依赖。后来进了火车站，被人突然拉进屋去，再没见出来。（1983）

阻　碍

遇到阻碍，激起的便是浪花，没有阻碍，它们也只是平静的水。或者说，它们本来就是水。（1983）

丁香宜人

哈尔滨人喜爱丁香。每年 5 月 10 日前前后后，街头巷尾，单位与人家儿院内，不知不觉间，枝头悄然吐蕾。陆陆续续，次第绽放。像一枝枝、一树树、一抹抹紫雾紫霭，素淡、洇润。轻拈一枝，幽香惹来了，肺腑然后心脏脾胃，渐幽渐舒。血液里也觉有丁香的清馨渗进。随后，缓缓流遍周身。于是身清气和，几乎忘却在丁香丛下，在喧嚣闹市之中。

你轻轻转身离去，那香气不绝如缕，依依不舍，跟着你来了。惹得你不由回眸那一树树的花儿。

丁香香气，好像不能够散发到树外十几步以外去。公平啊，种瓜得瓜，种豆得豆，种香呢，得香。

不过它跟风，我说的是和风微风，脾气相投，欢欣地结伴同行。所以，在丁香空白的地方，偶尔一丝风掠过，也会清馨如立树下。

丁香的惹人，还有更微妙的。青年爱侣，在丁香馨香中，终身相许的，并不少见。

但也听说，一对儿说爱谈情的，偶经丁香树下，却分手了。

女的嗅着一枝丁香，久久无言。以后呢，决然与男友分手。

惹人啊，丁香之香。(1984)

三 人 行

游颐和园长廊。

一人看见的是一幅幅精美的画，站在下面，久久移不开脚步，他爱画画；

另一位，啧啧称赞曲折得体，榫卯衔接如天然，他是细木工；

第三位，目不斜视心无旁骛径直奔下一目标。

想起张岱《西湖七月半》。(1984)

云 中 行

三叉戟斜升。感到大脑下压。

云海夕照，反而洁白。只有身边的云，才配得上轻柔二字。如同无边大湖结冻，有几处缝隙发蓝，露出蓝色的水。

明知道白云涌动翻卷，却看不出动。

飞机似乎静止。却明知其速近乎音速。

日落无过渡，从灿烂阳光中，直飞进夜幕，当然，是纱之幕。

光的消逝，令心一沉，渐渐落到暗淡中去了。(1984)

瞬间变幻

将要收获的棉田。条条银白的田垄，又融入另一片棉田之中。

雪山，阳光下的雪山。奇峰异石，都覆盖在雪下。

立起来的北冰洋。

驰蜡象之原。唯变幻灵动，如原上弥漫着轻雾。

云断了，便是谷。那谷湛蓝，深不可测。

白蓝褐黄红紫，洇润，氤氲。迎光多白，顺光多蓝。不知不觉中变幻，舷窗还是万花筒？

金光射过云堆，云变成层层的柔纱。

云厚而沉处，映出一道影子来。影子在蓝的河上颤动。

太阳要从舷窗挤进来。

时而漏下一束光，闪电般耀眼。

无遮拦的阳光，能淹没一切。

日落的瞬间：天的高处，先蓝而后黑。紫天鹅绒大幕，徐徐降落。

日光很留恋，厮磨在幕边，从幕脚往里挤。

夜雨。机翼上绿灯，一闪一闪，闪绿了雨丝。

雷在地上轰响。闪电的光，使云害怕了。顿时燃烧，黑色烟雾扩散飘荡。

大上海，大灯海。灯如同礼花，偌大一片，同时喷向我们。

黄浦江，黑浦江。

路灯真直。

飞机盘旋，大灯海的一条海岸，渐渐上升，终于升成了凹形的、硕大无朋的辉煌的灯墙。（1984）

眺望鼓浪屿

夕阳下，南普陀的海面上，有无数洁白的天鹅飘来。真从容，潜入，又浮起。

细看，是浪花的明灭。

西眺鼓浪屿，阴影下，洋房花园色彩轮廓尚分明。一会儿，日光岩成了剪影。忽然间，又从剪影中浮现出来。

整座音乐岛，又都溶在金色阳光中。（1984）

眼　波

不同眼波，严厉、同情、乞求、愤怒、轻蔑，都能表达得深入细腻。同样表示同情，除了共同点，还有千差万别。即便同一个人，在不同场合环境，面对不同对象，这种表示的方法样式，眼神的浓淡深浅等，也是有细微区别的。不是有意而为，是内心情感袒露。在区别中，可见个性不同。

其他面部表情肢体动作，也同样。(1984)

水　　阶

去福州军区，参加地方作家到部队采访活动。

中秋节，在上海登海轮“鸿新”号，赶往马尾。

船由长江入海。明显见左舷水高出一些。如同一道水坝。那是海水吧？右舷江水低，流动的缘故？肯定是错觉，江水低了，怎么往海里流？

海水清而蓝，江水浑而黄。

第二天要看海上日出，可惜横抹着乌云。太阳也要在新的早晨看一眼地球吧？从乌云缝隙间露了一下脸儿。一大束金光在海上伸展摇曳。这一带海水要燃烧，要飞腾。(1984)

土的联想

土有多少年了？土养育了多少生灵？土是公正的，给万物扎根。小时光脚踩到中国的土上，那感觉让人心热一辈子。过去，华侨包了乡土漂洋过海。皇天后土啊。安泰不离开母亲土地，就永远力不穷竭。(1984)

“却”字捉弄人

千难万险经历过，风平浪静中翻船。狂风暴雨中跋涉过来，风和日丽下昏厥。

提防一个“却”字！（1985）

山重水复

黑龙江上游，山重水复处甚多。看着前路被一带青山或一凸凹峥嵘的峭壁阻挡，艇再飞一般前进会立刻碰壁。小艇却不减速，一眨眼间，又换成广阔江面，柳暗花明！

明知会如此，却也不由得心惊肉跳。

山崖礼貌恭谦地侧身哈腰，侧伸一手，就差一声您请了。

都说江南秀美，北国壮阔。我从黑龙江上游到三江口，乘船数次，观念又升华：

黑龙江兼容并蓄。集秀美与壮阔集于一江。

走一次龙江水路，顿觉心胸开阔，灵气充盈。（1985）

让

温良恭俭让，旧时做人样板。提倡让的人，自己怎么不让？

譬如排队买火车票，一味地让，你总是最后一名。坐一条长凳，一味地让，你就总站着。

也有人专利用别人的让，来给自己找实惠。

当让不让，谈何天良？不当而让，自取灭亡。

让是高级动物人的标志之一，只有人才会让。

但一味地让也不好。（1985）

脚下的沧桑

就你脚下，就这么大个小地方。从地球生成以来，有什么变化？沧海桑田，赤道那么热，北极那么冷。什么动物，什么人群？宫殿，茅屋？时空交错可就有意思了。

比如有人树块碑，百年千年后他DNA复活，碑哪去了？看到他追求的结果，是现在的样子，他会有悔意吗？先祖，有什么哲理可以教诲我们？我们自己，会有什么哲理告诉子孙？（1990）

也许有过的对话

影子对树说："我比你长。"

中午，树对影子说："我把你遮住了。看不见你了。"

漆黑的夜里，他们互相问："你在哪里？"（1990）

陀螺不转了

马家沟冰面上，孩子们满头热汗抽陀螺。抽啊抽，不抽了，陀螺转慢了，终于倒下。

希望、欲望、追求是鞭子。（1993）

结　局

推石上坡靠一寸寸努力，若不能锲而不舍，滚坡甚易，只需一撒手。

一棵树长起来几百年几十年，而且要天时地利人和，条件契合。伐倒呢，顷刻之间。

走下坡路甜蜜而且容易，吃喝嫖赌抽，坑蒙拐骗偷，不学自来。

千锤百炼出深山，须留清白在人间。(1993)

宝贵有时

一腔碧血是赖以生存的。人人宝贵之。

无端流在大街上的，人人绕着走。(1993)

小心鲜艳与甘甜

鲜艳的蘑菇，有毒，误食多半致人死命。

贪欲自觉甘甜，疯狂不顾一切，忘却这足以毁灭一切。(1993)

幸福是地平线

肠子不适，检查时盼着没病，那该多幸福。

说有病，盼着能诊断为肠炎，那该多好。

真得了癌，盼着千万别转移，以便能行根除术，也不错。

术后，不能进饮食，觉得就是苦水润一润嘴唇就幸福。

让喝水了，切切实实感到，世界上再没有比白开水更好喝的了。这幸福感没有保持几天，就感到白开水没味儿，能喝口茶就好了。

幸福啊，总是一条可望而不可即的地平线，你追它，它也往前走。(1993)

豪华垃圾

各种豪华昂贵的包装，转瞬间由豪华酒店、高档住宅，跌入垃圾箱。最后与平民的烂菜帮子，扫地尘土，磨出窟窿的破鞋袜混在一起。填埋吧，污染灵泉与地母；焚烧吧，烟尘滚滚污染蓝天。处理，第二次浪费了人力与地球资源，等于挖肉补疮，拆东墙补西墙。

制造豪华垃圾的，往往是特机灵的头脑。其原料如原油不可再生，金属乃地球的内脏，树木为人类的氧吧。

目的呢，只为钱，无尽的欲望与人的虚荣心作祟。

地球母亲是能忍辱负重的，但她也有极限。

“杞人忧天”，是不是全世界环保第一记警钟？

我们是杞人后代，不仅应该忧天（空气），还应该忧地。不然，为一己之私，抬头对不起天，低头有愧于地。为了子孙，为了人类的长存，摒弃豪华，摒弃豪华垃圾！制造垃圾的，不一定高贵，拾荒者不一定低贱。（豪华与奢侈沆瀣，奢侈与腐败同源。）(1994)

习惯熏染

开头你看不惯，常了就感觉麻木了。如入鲍鱼之肆。

内心反对的东西，比如毒品与灯红酒绿醉生梦死的生活，含有超量甜蜜素，在你感到无比舒泰之中，向你体内与心灵渗透。到了一定的量，心底质就变了。

你呢，会对从前的你，感到陌生与反感。(1994)

理性无悲喜

千辛万苦、千恩万爱造就了一个人。但有生必有死。

千曲百折、千锤百炼锻造出一颗炸弹，就是为了最后的一声爆响。

引力、涌动、大风催生了海浪，岩石海岸上一次玉碎，化为原来的水。

于是，庄子鼓盆。(1995)

镜 泊 湖

○乘车夜入山庄。车灯，照亮道路如练如水。偶见波斯菊袅娜在 201 国道旁，抢着露一下脸。山坡上樟子松波动。如果没有这些，则如在隧道中行驶。

○山下水，水上山。火山岩浆，堰塞了“牡丹”（江）。

除了乘飞机，难有一览无余之地。绕过一山，会是另一片崭新风光。所以，游镜泊湖，您会始终欣喜，而不疲惫。

○湖边人家，各有生计。玻璃水槽，游着湖鲫、红尾、鳊花、鳌花（一斤八十元），就放置路边。有馆子就叫“虹鳟鱼”，可谓独特到家了。

○吊水楼瀑布旁，脸晒成黑红颜色的女向导，讲述这里的神秘：

有照相的孩子五六岁，拍者为取好景，说往后些，孩子往后，失脚落湖。恰遇省跳水队表演，得救生还。

另一家在湖口险处，男孩帽子被吹落，去追。其姨去拉男孩，其母拉其姨，其父拉其母，均被卷入湖中，一家惨死。

她说，伪满时日本人把中国人沉入瀑布，如今不见白骨何处。

○有朝鲜族人开家庭旅店，有通铺，吃湖鱼，十元一日。

山东移民落户附近农村，来瀑布前吹打弹拉扭秧歌抬花轿。花轿坐一小圈儿十元。

一个管得着这些事的，自坐一次。跷起二郎腿，双手把轿杆，自得如过去的县太爷。随后，携一女同坐。女着一袭大开气儿，大亮银片，湖蓝色裙。两人做亲昵状。抬轿的笑脸相迎，小心伺候。

坐后，人家没事似的一走了之。业轿者恭送，回脸便是咒骂。

○湖边水煮鱼野炊，鱼汤有饮六碗者，个个连称鲜美。

火山口森林

路面渐变成黑色岩浆石，黑色的粉末也渐多，就知死火山口快到了。

向前平视，先见几棵落叶松树梢。近前俯视，高而细，争取出头之日，都奔着阳光啊。

火山口，一个巨大的瓦盆，不，火山岩盆，鼓胀着绿色，深深浅浅的。这满坑满谷的绿，扎根于从风化岩与盆口边风吹下来的沙与土。

据考证，万年前，此火山喷发五次。是地球精力过剩，伸个懒腰，打个哈欠造成的。岩浆流到现今牡丹江市所在地。人与岩不时有对话。

正是早晨，微雨。蒙蒙如雾，从盆地升起。正不知其有多深。人也在雨中云中，如是古代人，会说这就是仙境了。

沿人工石磴，下行，无风，很闷。

没下到底，就返回来。

叫地下森林，其实还是在地上。故作奇语，听者咀嚼后，便有受愚弄的感觉。(1995)

照　　面

摩肩接踵，行人相向，陌生人，相互间打照面。谁能统计一下，一分钟内，有多少次，特别是人口密集到不能再密集的特大城市？

这样的机缘，多数是一生中唯一的，重见也难。

给对方留下美好的印象吧，对人类与社会来说，那就是善与美。(2001)

君子小人

什么年代了，还提这个？

怎么表述不重要。事实是生活中，凡有人群的地方，都存在这两类人。

得手的，不少是后者。明知是鬼，你得当神供着。

原因是前者做人有底线。后者没有，他只有目的与手段。(2001)

泉与禾

○泉为水，洪亦为水。山川大地生灵万物，亲泉而恶洪。因为泉施恩而洪施虐。

○禾与草同在田里。受恩于阳光、灵泉、热汗。禾心存感激，拣秋高气爽的好日子，深深鞠躬。随后捧出万倍于种子的饱满籽粒回报。是以稻的家族生生不息，亿万斯年。草则反是。

○恐龙没了，一只也没了。小行星撞击地球？气温突然变冷？纷纭推测，其因迄无定论。

有没有人想到，这也可能是同类相残的必然结果呢？

○如果按动物生存法则弱肉强食办，人类无法生存。不能想象一岁六岁乃至十岁孩子，离开双亲、社会，还能独立存活下去；耄耋祖父母，离开子女与社会关爱，还能继续存活下去。

老吾老以及人之老，幼吾幼以及人之幼。

人类最美之处，就在这里。(2003)

珍惜美好

美好的事物，存在长了，比如说两三代以上，有被视为理所应当的可能。蜜吃多了不觉甜的可贵，味觉惯性麻痹。

失去以后，才觉得不再拥有，是难以弥补的损失。于是，便去回头寻求美的碎片了，这便是一种回忆。（2004）

时光单程票

据说大爆炸产生宇宙。宇宙产生太阳系，地球。同时，产生时间这精神物质合一的大神秘。为什么说精神？因为地球生了人，人有时间概念。唯有人才有。

世间万物，时间最有弥漫力。

“时间是金钱”，金钱可不是时间。时间是生命，生命等于时间。时间是人的全部。

你歌唱，一开口，那美妙声音便是历史，过去时。下一句歌词是未来。时间像一只不停滚动的轮子，着地点，现在。其前其后呢，历史和未来。

时间公平，西施东施，都有老时。也不公平，有人被剥夺，有人剥夺。有人会使用，有人却浪掷。有人时间变得重如泰山，有人时间轻如鸿毛。

节省时间，是世上最大节省；浪费时间，是最大浪费。抽时间帮人，是最大慷慨。浪费别人时间，是偷窃别人生命。

紧迫感，有作为；宽裕感，得小心。

水流，云飞，花开，花落。那就是时间。

自觉时间过去，比不自觉要好。

火烧不毁，水淹不灭。宇宙在时，时间不舍昼夜。

人的时间从躯体流出，再不返回。

邹容的时间，方志敏的时间，哥伦布的时间，希特勒的时间……个人的时间，用对了方向是正面的，否则是开倒车，负面的。

等待、叹息、被动度过，不如行动、欢悦、主动度过。

太阳神、酒神、爱神，百神都有，为什么没有时间之神？

我们说自然，其实应该包括时间。

时间性格鲜明，他赞赏什么，鄙弃什么，人们会各有体验。

时光，单程票。（2007）

品味生活

春天，种种巴掌大的园子。泥土睡了一冬，醒过来，带来清新气息。秋天，买大葱回来，在水泥地上晾晒干，拿个小板凳一坐，将叶已蔫了泛黄的半干大葱，扭成把儿，悬挂着继续风干。冬天用时，拿屋里来，“缓”个三五天，棵顶棵绿是绿，白是白。乡下亲戚，捎来一点自家喂养的本地猪之肉。要把它化好、分解、浇水冻上，雪一埋，极保鲜。想起小时屯子里，乡亲们要过年的情境。

送外孙女上学接她下学，或是买回来一件小巧工具，做一件或修一件小物器，都是如沐春风般恬静愉悦。

生活越品味，越有滋味。（2008）

体认了一个字

霾这字，认识，却无体验。首善之区北京与津冀两地，不断报道为严重雾霾侵袭纠缠。急是急，总觉得所居边陲，大平原大森林的，车少，污染空气的工业不多，离着霾还远呢，无切肤之痛。

岂知此痛爆发，一连四天，天地一笼统，窗外黑窟窿。窗前大杨树，几度只能看见这一侧的叶子，还朦胧着。另一侧，则让霾吞噬了。窗口到叶子，几乎伸手可及。从另一窗口望去，几十米远的局长楼，隐遁了。

有坐在些许透明的箱子里，沉到海底的想象。

气象台连发十几次警报。

倒是寂静。往常早上四五点，车声市声嘈嘈杂杂。这几日，想听还听不见了。航班停飞，高速封闭，幼儿园小学停课。不过，救护车倒是时而鸣叫。上班的迟到，也得到了一点包涵。

本就年老心脏不好，呼吸困难。几天不敢出门，床左右一边是海尔氧一边是医用氧气瓶，挺不住就选择着吸。

伦敦大烟雾，发生在六十年前，也是连续四天，死四千人。当时只当听“西洋景”，过后也不思量。

体验了，这才对霾字有了切肤之感。霾，“风雨土也”“通埋”“瘗也”。瘗，是埋葬的意思。更让人不愿听。

治霾，迫不及待。人不能让它“埋”了、“瘗”了呀。（2013）

躲

天未明，拎着保温饭瓶，上 33 线车，给住院的老伴送小米粥。刷卡机说：老年卡。

有让座的，我连说谢谢姑娘。姑娘问医大在哪站下车，我说在秋林下车吧，近。我也上医院。有其他乘客说，医大有站。我说医大有站，可是远，还得走个“倒掘儿”。

下车后，我问你母亲啥病，姑娘说哮喘。那母亲戴着口罩，在前边走得很快，而且暗里拉了一下女儿的衣袖。姑娘跟上去，却没忘打招呼说我们先走了。我连说走吧走吧，这不就到了吗。

说真话被躲，大约怀疑我是医托，或是骗子。警惕性高些好。

一联想，我也怀疑说医大有站的那个人，是不是另有居心。(2015)

十一　人以外还有生灵

斑鸠晨语

山斑鸠，尽是在太阳一竿子高以前，叫“哥姑姑”，在山涧里。听到了的，一天心情，都像早晨一样清新。(1960)

小 鸭 子

雨飘飘洒洒落在水洼里，像不断地撒上细沙。

一群小鸭子，几只像黄绒球（镶了两道黑绒），几只像黑绒球。嫩嫩的腿、足和嘴，它们蹒跚跑来，扇动小小的肉翅子。呷呷地叫着，拍打着水，愉快地快速摆着尾巴，用娇黄的新芽般扁嘴儿，梳着嫩嫩的绒毛。(1961)

大儿马子

火炭红。偏长了一个雪白桃形头囟。宽胸脯。宽屁股，上放一只鸡蛋，不滚下来。牵出来绕着你转来转去，甩尾放屁。两耳尖刀一样竖着。一双大眼，总像吃惊。大嘴张张合合。

它不会慢条斯理走路。拉重车，也总要放小跑。一进屯子它先叫，队里饲养员就站院子里等着了。

一回，抹了嚼子。可一下子得了自由。跑一天，几个小伙子就是抓不住。跑够了，自个回来了。（1962）

猫看鸟

尾尖轻摇，根部不动，身伏地，抿耳朵，眼几乎把所有生命之光都射出去，随着鸟的动作转。全身肌肉都像拉满的弓，准备随时弹射。猜想，心脏肯定加快了跳动。（1962）

“有脸”的狗

妈妈讲，我家从前有一条黑狗。一口咬死一只鸡雏。家里狠狠地打了它。它跑出去一整天。天黑时候，在远处看着，妈妈觉得怪可怜见的，就叫它回来。以后，见了鸡雏，就夹起尾巴来，绕着走。妈说，这狗真有脸（自尊）。（1962）

“叫天子”落地

鸟儿从高高的云端，一下子直扎下来，如一枚弹丸倏然射下。（1963）

怜秋虫

秋天，昼暖夜凉。

早晨，一只半大的蜻蜓，僵在草丛旁。轻轻一碰，还动弹，挣扎着要起飞。却翻过来，四只小翅子着地。猛地又扇动，这才翻过来，落在旁边一段枯枝上。佝偻着，像是急剧地喘。我想一暖一冷，让它活受罪了。

在南方，蜻蜓可能是寿尽为止吧？（1978）

初闻鬣狗

阿拉伯格言：“别贪心不足，学鬣狗水中捞月。”伊索寓言说它们性情常变，暧昧多疑。叫声咯咯如笑，夜半听来毛骨悚然。山顶洞人恨它们刨开山洞撕裂亲人之尸。非洲猎人厌其窃取猎物。抢狮残羹，群攻病弱。毛色邋遢，怪状畸形。

我爱动物，但初闻鬣狗，便厌恶憎恨。爱恨皆有因。人有道德底线，是非观念。还往往站在人的立场——利益，看动物。动物只是弱肉强食。人厌恶它的，正是它的赖以维系个体与种族生存的强项。（1978）

头狗大青

老林里孤立小屋，住一位老猎人。打猎无枪，只靠一群猎狗。

来了客，老人指指锅，给头狗看，拍拍它的脖子，指指门外的林子。头狗大青，领着狗群上山了。

过午，一小狗回来，向老猎人低头摇尾唔唔叫。老猎人说你看它高兴的，定准咬到不少。他让好奇的客人牵马，跟着小狗上山。至一处，小狗转一圈，发现一头被咬死的野猪。一共找到四头，都有狗守着。

头狗是群狗的主心骨，得维护它的威望。一般不能吆喝它，更不能打。实在要打，不能当着别人的面，更不能当着狗的面。（1979）

鸟与联想

一些鸟，让人产生种种联想。

○红喜字窗花，早晨阳光，美好的事物。多数农村汉族人，把它说成是报喜鸟。大约它落下后，尾巴一翘一翘的，令人想起报喜人满脸堆笑，点头哈腰的样子。民间画有一枝红梅，落着它，画名就叫喜上眉梢。

○冰雪消融，宿草萌发。秋风瑟瑟，霜露初白，长天辽阔。不息的长征，坚韧的精神。别离许久的远方亲人，结伴远行过的朋友。不畏前路迢迢，纪律严明。北方人说它春来秋归，其实应是春归秋去。在北方繁衍，而在南方越冬。越冬的地方不是家，生儿育女的地方才是窝儿。类似一种家禽。“长空雁叫霜晨月”，以其命名一座雄关，一座著名的塔。它成为中国物候的一种，“数九歌”里占有第八的位置。有了这些，就能联想许多。

○与人相处最亲密。双宿双飞，衔泥垒窝儿，最让人称赞。

雨前最显身手，低飞掠过窗前。敏捷得看着要撞上你，立刻绕过。它们常在平静池塘留下点点涟漪，却迅疾射向天空。细雨，柳丝，井畔，梁上。细语娇媚，呢喃撩人。只吃落地的，不吃喘气的。飞过短墙的身影，留下一条最动人的曲线，也留在万古传诵的诗篇中。

○人们多讨厌它们，叫声刺耳，令人联想到墓地，腐肉。不吉利，凄凉。但它们是受古中国人称道的，像称赞羊羔跪乳一样，称赞它们的反哺，称其为孝鸟，上过俗语的。它们的翎毛黑中透蓝，很让人称奇。过去，东北的县城农村，它们暮霭中成群盘旋。现在，即便见到，也就三只五只，凄清孤单。

○叽叽喳喳，蹦蹦跳跳，扑噜噜成群地飞。谷穗上站着随风晃，玉米上扒个窗。在人屋檐下，却从来不低头。围着家屋转，向来不与人亲。偷着你还防着你。五洲万国全覆盖，有人住的就有它住的。傍人而生，凡百样出名的出奇的美丽的鸟，人都能饲养，都能驯化。就是这种离人最近也最远的鸟，未见谁养活过一只，被捉后都不食不喝，直到气绝。(1979)

野猪的本事

在山上转，不迷方向。兔子在草里一动，一百来头野猪忽地都趴在地上，好像头猪下了卧倒命令。山边子土豆地收过了，人也蹓过（复捡），它们还能拱到土豆吃。(1982)

醉　　马

马累了，跑不动。驭者喂它一个蘸饱酒的馒头。马立竿见影来了精神，精神足跑得快。

哎，人也有欠厚道。（1982）

杀 仓 子

佟大脑袋是个修理工。听说一棵大青杨里有黑小子蹲仓。

黑熊秋天猛劲吃松子橡子，胖得“哈游哈游”（走道不灵便）的，到冬天就该“避素”“蹲仓”了。也就是找棵大空筒子树，从一个烂掉大树枝子的树洞钻进去。雪下三尺深，刮大烟炮，树林子冻得嘎嘎地响，在仓子里它也冻不着。春天饿了，就舔掌解解心疑，大开化出来打食儿，脚掌都精泚泚的，不大敢着地。

树有这么大的吗？有啊，我年轻在林场当调度时，就见过连根刮倒的大青杨，直径比我这一米八四的个头，少不了多少。三两个黑熊也蹲得下了。

藏得这么严实，咋能找到？它呼吸，洞口凝成白霜，不就是个幌子吗？

佟大脑袋他们用炸药炸开大青杨。黑熊咕咚从树上掉下来，坐着一动不动。三个人蒙了，说这是震死了？就有人用斧背儿，敲黑熊的头。

嘣嘣嘣三下，醒了，奔他们来了。这几位把式，吓得撒丫子就跑。（1983）

井蛙长见识

不知什么是浪，不知什么是风，不知什么是雨。冬暖而夏凉。清静惬意。

井蛙偶遇良机，到河里去，到江里去，到一望无际的大水库里去。惊喜得几乎昏厥，连连哇哇哇个不停。

它觉得，自己生活在水里，却不认识水。

原来水无腿可以跑，无口可以咆哮，无手可以托起轮船。能和太阳闲聊，月亮还投入怀抱。

风雨令人心动，雷电让人振奋。伸舌，美味自进口；放喉，妙音飞无际。要跳跳上天，要隐入水底。“外边的世界真精彩”。

从此，加入水族。羞于出口自己出身井底的话头。（1984）

黄檗何辜

不论何种东西，凡你需要得越急迫它越值钱。何况是救人一命胜造七级浮屠的药材呢？

黄檗，就是黄波椤树皮。能制成软木，还是药材。某林区，凡人眼睛能看见的黄波椤，不怕它躲进高山深谷，悬崖峭壁，就是藏在石头缝里，都能把它扒得精光。俗语：人活一张脸，树活一张皮。一棵棵流着痛苦的黄水，渐渐干枯。皮之不存，身将焉附。

一棵树只要一张皮。树，说不上将来谁得去，扒来皮，却是我自个的！（1988）

城市杨花

杨花在暖暖的阳光和煦的春日，播放了。开始只是几朵依依不舍，试探着离开母枝，接着多起来，竞相升起，如同成亿小小的孔明灯，上升着，飘散着，奔向自己安身立命之处。

但是，它们注定无缘亲近土地，令人叹息。（1993）

老人与动物

〇老人八十多岁，老两口住在哈尔滨郊区江南边上。养条毛驴一个小车儿。

客人告辞，老人对驴说快送送客人。驴就送出挺远。老头儿说回来吧，驴就回来。后来连驴带车卖了六百元。同村的人买去了。车从门前一过，老头一喊，那驴就扑噔扑噔跑进院来。

〇有一回，老头赶驴车出门，后边的羊狗鸡鸭跟了一大群，邻居们笑说，这老头儿有人缘，还有动物缘。

〇老佟到哈尔滨，必到他这位老叔家去。见到一条胖乎乎的狗。胖狗对他吠叫。老叔说别咬，这是咱们家人。狗就不咬了。不一会儿还进了屋，老佟摸摸它，它就坐在身旁。老太太说在屋挺闹得慌，出去吧。它就出去趴在门外。下雨了，眼睛眨巴眨巴往屋里看，也不进来。老头儿说，雨大了，进来吧，这才进来。

〇棚很低矮，一伸手就能摸到。有小燕子做窝。老两口儿在屋里，喂食儿的燕子不大敢进来。老两口儿就躲到外边去。

〇养头母猪，是民猪品种，大长嘴巴子。自个儿能跳出一人多高的圈。它下崽子，什么也别出现到跟前。到跟前，它就咬。没钱花，忍痛卖了，这猪晚上自个儿跑回来。老两口儿不忍再卖，六十元返给人家。

〇家养的猫，自由对象，等于野猫，下了猫崽领着回来，一天能抓两三只家雀。

○老人知道很多鸟的土名。烙铁背，红翅膀，一叫吊吊吊的。好溜子，也叫柳叶儿，最小。灰头佬儿，吃软儿食儿。蓝靛花，一飞直闪亮。蓝、红、黄靛颏儿，还有腊嘴，红玛瑙，串鸡儿。黄三蹶子，落下后，长尾巴一翘一翘的。青头楞。鹅卵儿叫声是“弟弟跟弟弟”。还有金眉白眉三道眉。苏雀黄雀秋末冬初，是用滚笼子放上脖子滚来的。

老人最爱的是这些鸟儿。年轻时混个差事，到春天请假也要回到老屯扣鸟儿，回来挂一屋子。老人是满族人。（1993）

羊与蝗

羊随水草游走，往往留下草根。以待春风吹而又生，明年它携着羔羊再来；蝗呢，相反，往往一吃一片一方，恨不得连根拔尽而后快，不留后步。（1994）

黑　子

○时紧时慢，夜雨至晓。后窗临路，有狗崽儿在雨中哭泣，闹得一夜未睡。

西邻三个男孩儿，想必与我一样被搅动了心，清早就在门前抚弄着半尺多长的狗崽儿。

狗崽毛茸茸，油黑儿，胖乎乎，还发着抖。孩子们求我说屈叔，你看小狗儿多好多可怜，你养着吧。

见不得它那眼巴巴仰望我的样儿，我少吃一口，养着它，取名黑子。

○也是担心它冷，求人从果品公司要来三只装梨的柳条筐，两只去掉筐底，套在一起，铺以麻袋、干草，覆以油纸。

○黑子渐大，来客它就不顾命地扑上去，只好链起。可怜巴巴蹲在窝前，一见生人箭般蹿出，链子扽得一个跟头，起来还扑。

一次风雪天，妻捂着皮帽子棉大衣下班回来，它没看清扑上去就一口，妻一吆喝，它知道铸成大错，立即抿耳缩身夹尾低颈钻回狗窝深处。又一次误咬了岳父，被棒子打得嚎声凄惨。我心不忍，又不能不忍。

想给它些微自由，下班回家放开它，于是欢乐奔跑，街坊们孩子们高兴，大人担心。只好再让它“锒铛入狱”。

○它最欢乐的一刻，恐怕是那次我带它到城西的翠峦河边钓鱼。那是与老友老佟约好同去。天很早，也就三四点，领它蹲在城西大坝下的草丛中，像战士埋伏一样，它也感到神秘紧张兴奋。其实，我们只是等老佟来会合。

○它第一次到河边与树丛中，兴奋不止，东蹿西嗅。忽然忘乎所以，偷袭了另一钓鱼人的脚踵。

这人是卫生局的会计。人家当然怒火中烧，追着它一定要置之死地而后快。

我平生没这么跟人赔礼道歉过，尽拣好话说。加上老友老佟认识他，恳切说情，才算气愤难平地走了。

这人不错，其后我这老病号去核销药费，没有挟私报复。

○它的杀身大祸，是我们上班，老母没有看住它，跑出院子，咬了行人夫妇。

人家在门前大骂，隔着板障子往里抛砖石，吓得老母无处躲藏。（那时人到底朴实，还不会借机讹诈，谢谢他们！）

〇与妻商量，送与东邻。它时时隔墙呜咽、吼叫，其情甚哀。我去看过它一两次。它摇尾伏身扑过来，又被链子扽住。它以为我会解救它吧？

未几，听不见它吠叫，随后邻家告之，它跑失了。我与妻女，几次跑遍附近它可能去的地方，哪有踪影？便想也好，省心了。

〇小女儿到这家去玩儿，回来告诉我，黑子的皮，在他家棚子墙上绷着呢。

那时困难，滴油贵如金。老母病想肉吃，我也没忍心把黑子勒死奉母，是内弟去钓了两条鱼替它一命的。我受了骗（他们答应养着看家的），内心痛悼黑子，从此不理那家的男人。

始觉某些方面，狗比人强。（1995）

波斯猫母子

〇雪大天寒。一只黧猫，瑟缩在窗前小棚子上的雪中。不忍，开门，它竟轻迈猫步，两眼怯怯望着人，试探着进来了。

尾尖受过伤，一小段折成直角。不久，生了几只纯白的小崽儿。黧猫出去捕鼠啊，偷口吃的呀，补充营养。有一回出去，再未回来。

〇一窝只会颤抖爬动四处找奶头的小崽儿，让人揪心。我便同妻搬到老母住过的小火炕去住，托人买了包奶粉，冲开放在小碟子里，蘸在手指肚上，让它们舔。它们终于学会在碟儿里吃。

夜里，常便到我褥子上。

个个洁白如雪，毛长如绒，蓝眼睛。一叫，舌口粉红。人说是波斯猫。一只只找好“婆家”，我还自去探视几次，看着人家很怜爱，还好，也就放心。

○只是家里留下的这只取名花儿的，叫人纠结。雄猫，一团雪样儿，但性格也凶猛。偷扑人家鸡仔。邻里见我喜爱猫，见面说说也就算了。唯对面一家男人，骂不绝声，一定要抓住打死它。

○听说这恶习，烧了鸡毛让它嗅，责打，它便会改正。我惊天动地狠狠地打，也是给那家听，以便让人家消气。

哪知，死不悔改。

○一天回来，花儿不见了。以为被人暗杀。

后来才知道，妻受不了人家闹，把它淹死在自挖的下水窖里了。怜惜又无奈，怏怏不快许久。(1995)

奔 楼 儿

○女儿从同学家，抱来一条小黄狗崽儿，小型狗，养大了像条小狐狸。家已搬至伊春紧东北角，后边是山边公路，左边为汤旺河河堤。房后空地很大，它便以为这住地都是它的势力范围。有人从公路上一下来，它就开叫。

○后来空地盖起新房子，它就各扫门前雪，只管自家门里的事情。

晚饭后，一般我要到大坝的小路上散步，那是它欢喜非常的时候，前蹿后跳，或在草丛中寻嗅，到汤旺河边，挺着脖子向对岸眺望。

或于深草丛中隐身不见。轻轻一唤“奔楼”，它会像精灵一样从你脚旁“冒”出来。

○我住二楼，有楼外楼梯平台。我与妻上街也从大坝上走，它在平台上目送。回来，总见它趴在平台上看家，并向我们张望。一搭到影或是听到脚步声，就站了起来，我喊它一声，它立刻跑下来，迎接我们一二百米远，见面就像离别了八辈子，摇着尾立起来往腿上扑。由此我推断，狗听得要比看得远。

○我在哈尔滨工作，有时回家半夜火车，一到门前，它又是呜呜地叫，又是拼命挠门。门开后，使劲往上身蹿，不贴个脸不罢休。

○不吃不喝，几天浑身滚烫。我找条麻袋铺在门里过道上。找来过期的红霉素，注射两三天。打针时，就那么挺着，一动不动。还有一次，有人要吃它肉，用打鸟的气枪打伤它右后腿。给它处理伤口，它也是这样乖。

它对人的信任，真是生死不渝。

○家迁哈，碎东乱西的，求了两辆汽车拉着。我不舍得放弃奔楼，特意为它钉了只小木笼。

路十分难走，车颠簸摇晃。摇晃不到百里，迎面一位行人喊“狗，狗！”原来，奔楼撞破了笼子，牢牢趴在汽车苫布上。

它是怎么在上面跳着平衡舞，才未被摔下车去的呀。

我一指副驾驶的位置，它欢喜地跳上去。但不一会儿汽油味儿它就受不住了。我打开车窗，它就把嘴巴搭在那儿。

○到铁力，前边的路更不好走，需住一夜。人家招待所不许带狗进屋，偏偏奔楼跟着我寸步不离。

咋办？让它表演吧。我说，奔楼，坐一个。它就直溜溜坐起来，两只前爪耷拉着。又说拜一拜，它就用前爪作揖。

看招待所的老头说，怪可怜的，破例就在屋里吧。它就在我的铁床下，趴了一宿。

有我在，它就觉得有了一切。

住七楼，它的住地是碗架子下面。每天黑天时，我领它下楼放一次风儿。它大小便憋一整天，从不在屋里便。我担心吓到作家楼里的孩子们，再说市里也不让养狗。它也战战兢兢，一天蜷曲在那儿。爪也长得多长，跑楼梯啪啦啪啦地响。到了春天又脱毛，妻就说想办法吧。

○巴彦的两姨外甥，来哈买电视机，求了辆北京吉普。我把奔楼托付给他了。

春天的泥泞中送走奔楼，它在车后窗回首望我！内心一时觉得酸楚。

外甥开车门回头对我喊，舅，放心！

两年后，我回巴彦老家公出。抽空去外甥家。刚到胡同口，就见奔楼向我这边张望，挺着小脖儿，竖着尖尖的耳朵。

我喊了一声，它稍一迟疑，立刻便欢天喜地奔过来扑上身。

外甥两口子喜欢它。正遇外甥媳妇生女儿，还给女儿认了奔楼做干娘，说这样孩子好养活。

○好狗护三邻。它替邻家夜里咬跑了两次小偷，妨碍人家财道，被毒死了。

几年后又去巴彦，外甥还领我看了奔楼埋骨的地方。

外甥说它死前还往屋里爬，好像依偎着可靠的主人，死也没什么可怕的了。奔楼，你也算死得其所了。(1995)

羊穿衣

养过一只奶羊羔。要与妻到伊春北郊割草，两脚陷入坟洞，打扰了死者的安宁。然后老远地用自行车驮回来。

天寒雪大，怕冻坏了它，为它将一件破棉袄改做羊衣。

很淘气，能蹬着窗台，立起来，啃溜窗缝的纸条儿，是糨子糊的，它闻出香味，要改善生活。

一次纳闷，它怎么半天没动静？原来它溜出门去。邻居开始不知道是个什么，细一看，原来是穿着棉衣的小奶羊。说没见过羊穿衣的，于是，我出了名，成了笑柄。

长成了，无处配种，也就无从生奶。以不杀为条件，送给西郊一亲戚。但那时一个月儿两油半斤肉，馋虫从人嗓子眼伸出个巴掌来。他们未践诺言。我时常还回忆起它奶声奶气的咩咩叫声。(1995)

鸽　子

○老伴领外孙女逛花鸟鱼市场，外孙女一定要买一对鸽子。

只好养在封闭阳台上。做个草窝，它们生了两个蛋，竟然孵了出来。

不慎开了小窗儿，做父母的却弃子而去。

○小崽儿怎么喂，都吃不进去！想到它们是从亲鸟口中得食，就攥手成洞儿，内放糊糊，总算喂活一只。

○它常在三居室里飞着玩儿，落于开着的门上，咕噜咕噜轻声叫着，歪着头这儿看看那儿看看。

一次《北方文学》的一位女副主编来，它竟然要捍卫领地，落在客人头上，抓头发，弄得我连忙拿它下来，诚恳道歉。

〇偶然开窗，它也学父母的样儿，飞走了。以为这里不是它的家，还是向往着广阔湛蓝的天空？

我以为它也是一去不复回了。谁知过了两三天，忽然就落在窗台上。我悄悄开窗，也不飞。它是认定这里是家，回家来了，当然要进屋嘛，进屋就得开窗啊。（1995）

只要几滴水

苦着过来的人，不舍得抛弃的杂物过多。空间小，花越冬也难，加上渐渐力不从心，侍弄不过来了。还是前年，淘汰或者说精简了一些盆花。一时又是舍不下那些土，就连盆摞放在缓台墙角，尘封了起来。

楼道里的透气窗，开了就自动关上，顺手拿一盆花土挡一挡。

忽然有一天，发现有小小的嫩芽破了土，只是惨白得惊人。我怕看不大准，忙拿给老伴瞧瞧。谁知她用手指轻轻一碰，竟然断了，两个人好不惋惜。可能放在窗台上，窗开着，那几天又下雨，有几滴淋在几年尚未干枯，珍藏着的生机上。只几滴水点，就发了芽。既如此坚韧，想断了一点恐也无妨。忙将它捧至阳台养花处，浇足了水。

果不出所料，不几日，竟长出两片肥硕的叶子来。想起当时的淘汰，未免有一丝歉意爬上心头。

这次空间再挤，我们也决计养着它了，我们看到了一份生命的力量。它的追求，不过是每一枝端的一朵小花。只三瓣，加起来还没有指甲大。而花期也才一两天。不过那淡淡的茸茸的紫，五六丝金黄的蕊，也让人难忘。

理应珍重，甚至敬重，生命的象征啊。（2005）

麻　　雀

明明有云，却看不见云，像是雾，却不是雾的气息。

远处高层与电视塔，朦胧着颤动，海市蜃楼一般。近处的街市影影绰绰，时隐时现，虚虚幻幻的。伸出手去，才算看见有细细的雪粒在掌上融化。家家灯亮得都较平时早。灯光映着夜空反显得明亮，有些粉红。

夜里悄没声地下，雪一般都不会小了。

一早向楼下望去，毗邻空闲数年的原苏联领事馆，花园式的大院落，野蒿草被完全覆盖，似乎它们原不存在。

○一些麻雀瑟缩在树枝上，它们是坐地户，就是这个院的。明明是麻雀，却黑黢黢一小团，全没有背与翅深棕色、肚囊儿浅棕色，浑身洒着白点的鲜明了。近年还好了一些，因为分散的锅炉房改成集中供暖，煤烟淡去不少。

○秋天小雀儿出飞儿，群落大。成群成群地扑噜噜地飞，羽翼声清晰可闻。然而，到了春天所剩寥寥。还不是大雪后饿没了吗！因此撒一些米，在窗下的空调外机上，想要救一救急。

这一撒，它们反而飞得远远的。第二三天，才飞近些，却仍是稍有风吹草动便一同疾逃。第四五天，有的倒抓在墙皮上试探观察。后来见施舍者无甚歹意，才一只两只先落下，爪未沾地又急剧飞离。如是者再三再四，也还是不肯啄一粒两粒。这时候想必早已腑内空空了。就是大些的动物，也到了饥不择食的地步。可是它们还在试探。

○由此我想到，再难养的雀鸟，那些八哥鹦鹉不用说可以驯顺，还会学舌了。只说猛禽鹰鹞，不是也是硬给“熬”出来了吗？而麻雀，你就是活捉生擒，却怎么也养不活。急剧地喘，看样子肺要炸了。得机会便乱撞乱碰，好像那头不是薄如纸的一层骨，而是铜头铁头。

一年夏季里，有一只误飞进我蜗居的七层楼的阳台。忙去开窗，意在帮它飞出去。它却以为我是去捉它。分不清玻璃与空气，生是硬撞。忽一次撞得过猛，坠落下来，是昏了过去。刚清醒便又去撞。后来我离开，它才慢慢找到窗户，仓皇飞向一株老榆树。

○我见过被孩子捉来的麻雀。孩子过于热心过于周到，水、米、虫，一样样都摆在那儿，谁知那俘虏却视如无物。直到饿死渴死，让生俘它的人伤心惋惜一阵，一生留下印象才罢休。不食周粟，不食嗟来之食。

○麻雀也叫家雀。它与其他的鸟儿，最大的不同之处，便在于它在人的聚落中生存。除了捕食有害无害昆虫，就是在成熟的庄稼地或场上，抢吃些谷物。喂家畜家禽，它们也凑上来，偷空啄几口。所以也叫家贼。离开人，它们生存有极大困难。

靠人活着，还对人警惕，原因是没有忘记人们的网罗。它们不是有些已成为餐桌上的铁雀了吗？没有忘记孩子们掏它们的老窝。过去农闲猫冬，孩子们在院内雪地扫出一块地儿，撒谷秕支筛子，细绳索远远牵到屋里去。等到家雀去吃，绳子一拉就扣住一些。还有杀伤力更大的设备，利用杠杆原理，埋伏一根棍子。猛地一拉，羽毛飘摇。这东西叫扑拉杆。

〇还有一年，人们要除四害。老鼠苍蝇麻雀蚊子，都在剿灭之例，锣鼓震天鞭炮齐鸣，不准它们落地喘息。也许它们的基因，还存有这样的信息。

〇它们没有完全把自己交给人类，也许它们是对的。不然，那命运也好不过鸡或八哥儿。

哦，对了，我撒的那点救急米，它们到底还是吃了，那恐是饿得不顾命，又确实看出我没有歹意之后。（2011）

进去之前

小镇一间医院。房子很漂亮坚固，刚建成两三年。但却没有正式开业，只是由一位大夫几位护士临时支撑着。一楼一间足有一百平方米的大点滴室，三面是大窗户，非常明亮。只有三张床。将一张床上叠得很整齐的被拿起来，立刻有一个见方的地方，较床单其余部分洁白许多。将被上枕头拿起，枕印较被面洁白许多。

长期不用，也不怎么开门窗，地上细尘留些脚印。

仔细看地上与窗台，发现了一两只昆虫的干尸。仔细寻去，还有许多。较小的，有类似蚊子但体型大几倍的一种，有蚱蜢不少，有蝴蝶，很大的几只蜻蜓、蟋蟀。只有几只苍蝇是活的，也是半死不活的样子。

病床床腿与床板形成的直角里，拉上了蛛网。网上蜘蛛有指甲大，还有一个脱离不了网罗的猎物，看来是只苍蝇。让我心一动的是，“猎人”与猎物，都成了干尸。人过带来微风，那蛛网还微微摆动。

我国常见的蜻蜓，是黄绿棘臀蜻蜓，捕食小昆虫。还有那蜘蛛，进到这空旷的屋子里来，可能是被先已进来的昆虫所吸引，才爬进来。

然蟋蟀是草虫，室内何来草木，它们进来干什么？蝴蝶、苍蝇又为何进来？白天为了室内充沛的阳光？夜里为了一避风雨？还是无意间闲逛一番？

无论如何，它们进来的门缝或窗缝，被哪位顺手一关，它们便被打入死牢，不论它们进来的目的是什么，不论它们是猎者还是被猎者。

可惜它们没有思想。不然它们会知道那句阿拉伯谚语：“进去之前，要先想想能不能出来。”（2015）

救　　助

某候机室，高高天棚上，可能有些大蜘蛛，能制造粗而壮的很有力度的网。有一天，那网粘住一只没有经验的从天窗进来捕捉昆虫的燕子。扑扑棱棱，挣脱不了。就有群燕焦急围着转，却无办法解救它们的晚辈。

下面的人们看见，只当是有趣。只有一位工作人员心有不忍。但那不是自己工作，只好低头不看。一个小时，两个小时。他忍不住了，找来活动云梯，攀上去接近天棚，轻轻握住那燕子，仔细摘取它身上粘着的网丝。感觉到燕子心脏剧烈跳动。渐渐燕子感到那手温暖轻软，毫无歹意，便放松下来。

那手轻轻张开，张开了。燕子稍一迟疑，旋即飞去，燕群拥簇着它。

还一次，他领着外省农民工，在一个偏远地方施工。一只黄鼬被青年们追捕，躲到水泥管中，终于被活捉。他不忍，又不好硬性命令，便说，你们是外省人，不知道本地习俗。本地人爱护黄鼬（黄皮子），赶快放了吧，不然对咱们施工不利。黄鼬得救。(2015)

后　　记

爱文学，学习写作，始于十几岁。

找工作偏爱大森林，除了觅食，还想觅诗，也在十几岁。

那时候“有生活”“没生活”，是稿子行不行的首要一条，是硬道理。

观察体验记录生活，成了日课。

帽子、围巾一应随身物件，丢三落四，微薄的糊口工资，也遗失过。买来的、自制的，力求小巧的本子，名之为《滴水集》，却紧贴身揣着，二十本，一本没丢过。后来呢，改记卡片。

工作实践，风风雨雨，细节迎面而来。不满足，饥渴的心灵，在生活的海洋中沉浮寻觅。

那些美的、心动的、见性的、展露事物本色的细节，与心交融的景色，立即“抓拍”定格，生怕稍一迟疑，就秃噜飞去。也有飞去的时候，那就常要怅然若失几日，才能缓过神儿来。

林子里的人，十分珍爱红松种子与树苗，它们蕴含美好的希冀。我以相同的心情，记录细节。

一生多疾患，四次住结核病院，患过肠癌。黑河深入生活便血昏厥，一过性脑缺血昏厥摔倒，也两三次。一缓过来，就接着记，死去活来的感受，岂可遗漏？

记忆不佳，读书过目常忘。然萧红《小城三月》中，翠姨拈樱桃的姿态，担心稍一用力便会碰破似的，文静的小家淑女温柔样儿，却记得。孔乙已说“多乎哉，不多也”的神情，也还觉清晰如见。可见细节对文艺作品，何等重要。

一个细节，能从中看出人的性格、出身、品质，写出来，人物就活。

微风斜燕一个细节，成就了一名句，一名诗。

苹果从树上掉下，普通细节。追踪索骥，发现万有引力。

咱们祖国，百多年来，从人为刀俎我为鱼肉，到巍巍然屹立世界东方，沧海桑田变化。凡人小事一个细节，也是对这段世界罕见史实的从心灵深处流露的讲述。百年细节，如同一滴滴水，蕴含在历史长河的前浪之中。

先哲老子说，图难于其易，为大于其细。大与小，一而二，二而一。

也有不同认识，班超认为，为人有志不修细节。那是为了突出大节。

再说，“不修”，不也是细节吗？

什么大？宇宙大大到无限。什么小？粒子小小到无穷。说粒子是宇宙也不算大错。

细节是细胞，可生成一个鲜活的机体。

细节是 DNA。或会遗传下去。

六十几年记录，十余年整理。原生态，现场感。

一个选石行家，所选不保都是璞玉。何况我只是一个痴情文学的老学徒呢。

即便是一块普通的石，能拿去铺路也好啊。

感激给我这些细节的父老乡亲，工友同事，萍水相逢者，师友亲戚，老同事，自然还有我的老母亲。感激生我养我的这片广袤黑土与浩瀚森林。

也感谢愿与我分享这些细节的各位！

2014 年 4 月 10 日

2015 年 1 月 25 日改

图书在版编目(CIP)数据

人间流水 / 屈兴岐著. －－ 北京 ：中国文史出版社，2021.3

（中国专业作家作品典藏文库 . 屈兴岐卷）

ISBN 978－7－5205－2526－8

Ⅰ. ①人… Ⅱ. ①屈… Ⅲ. ①散文集－中国－当代 Ⅳ. ①I267

中国版本图书馆 CIP 数据核字(2020)第 221251 号

责任编辑：牟国煜　薛未未

出版发行：**中国文史出版社**

社　　址：北京市海淀区西八里庄路 69 号院　邮编：100142

电　　话：010－81136606　81136602　81136603（发行部）

传　　真：010－81136655

印　　装：北京新华印刷有限公司

经　　销：全国新华书店

开　　本：720×1020　1/16

印　　张：18.25　　　字数：199 千字

版　　次：2021 年 3 月第 1 版

印　　次：2021 年 3 月第 1 次印刷

定　　价：59.80 元

文史版图书，版权所有，侵权必究。

文史版图书，印装错误可与发行部联系退换。